佐藤青南

白バイガール

爆走！五輪大作戦

実業之日本社

実業之日本社文庫

白バイガール *The motorcycle police girl*

爆走！五輪大作戦

contents

白バイガール

爆走！五輪大作戦

1st GEAR

1

ボールはどこ？

本田木乃美《ほんだこのみ》は打球の行方に目を凝らした。

快音は聞こえたが、肝心の白球が見えなかったのだ。緑色の防球ネットが揺れているので、あのあたりだと思うが。

今度は見逃すまいと、バットをかまえた男に目を凝らす。

金網の向こうにいる男は、ピンストライプのユニフォーム姿だった。胸には『JAPAN』の文字が刺繡《ししゅう》されている。男は横浜を拠点にするプロ野球球団の看板スラッガーで、日本代表チームでもクリーンナップを任されているのだという。

もっとも、木乃美はついさっきまで「スラッガー」も「クリーンナップ」も知らないような野球音痴なのだが。

――おまえな、そんなのも知らないでよく横浜市民やってるな。スラッガーってのはホームランをたくさん打つバッターのことだよ。ホームランはわかるよな？　ボールが球場のフェンスを越えて客席に飛び込むやつ。クリーンナップっていうのは、打順が三番四番五番の打者。ランナーをホームに帰して塁上を綺麗《きれい》に掃除するからクリーンナップ。長打をよく打つバッターをクリーンナップに並べるんだ。長打っていうのは……もういいや。あとでじっくり説明してやる。とにかく天田拓人《あまだたくと》は日本を代表するすごいバッターってことだ。天田拓人の練習なんて、金積んででも見たいってやつがわんさかいるんだぞ。もうちょっと喜べよ。

木乃美にそういって即席野球講座を開いてくれた元口航生《もとぐちこうき》は、隣で金網に指を絡め、かじりつくようにしている。子供のころはプロ野球選手に憧れていたというだけあって、この屋内練習場に足を踏み入れたときから、ぎょろりとした大きな目は輝きっぱなしだ。

――本田先輩と同じで、おれも野球そんなに興味ないんすけどね。タクトといったら野球選手よりもホンダの原チャリが思い浮かぶぐらいですから。

そんなふうに斜《はす》にかまえていた鈴木景虎《すずきかげとら》も、なんだかんだで楽しんでいるようだ。先ほどから天田の放つ鋭い打球に「すげーすげー」と口が開きっぱなしになっている。

「野球は興味ないんじゃなかったのか」

木乃美の気持ちを代弁してくれたのは、山羽公二朗《やまはこうじろう》だった。

「ですけど、やっぱ生で見るとすげーっすわ」

「だよな。天田……選手、なんかテレビで見るとわりと細いイメージだけど、実物はエグいな。なんだあのケツ回り。人間ってあんなに尻がデカくなるもんなのか」

元口がほうと息を吐く。

「ほんとそうです。警察にも鍛え抜いたゴツい人たちがたくさんいると思ってたけど、プロのアスリートってのは格が違います。ぜんぜん別の生き物って感じ」

「その中でもやっぱ天田選手は特別だよ。ほら、あの打球の鋭さ見てみろ。ほかの選手もすごいんだけど、天田選手の打球の鋭さを見ちゃうとたいしたことないように見えちまう」

天田の入ったバッティングケージの奥にもいくつかのケージが並んでおり、日本代表のユニフォームを着た選手たちが練習を行っている。素人目《しろうとめ》にも、天田の打球の速さは群を抜いていた。

「おれの友達なんです」

成瀬博己《なるせひろき》が自分を指差《さ》してアピールする。

得意そうに唇の端を吊り上げるこの男だけは、実は警察官ではない。サングラスなしでは外を出歩くのも困難なほど有名な俳優だ。

「どう。潤《じゅん》ちゃん。すごいだろう」

成瀬は隣に立つ川崎《かわさき》潤に顔を向けた。

「ああ。すごいんじゃない。天田さん、かっこいいよね。あんたみたいなヒョロガリのチャラ男よりよほど魅力的だ」

皮肉っぽく唇を曲げられ、成瀬は苦笑いで後頭部をかく。

「相変わらず素直じゃないな」

「この上なく素直だよ」

「またまた。この前の抱かれたい男ランキングの結果、知ってる？　八位だよ、八位。おれの上にいるのはアイドルグループのメンバーとかお笑い芸人とかだから、おれは実質三位と言ってもいい」

「なに言ってんだ。アイドルと芸人を除外する意味がわからない。そもそも八位なんていう微妙な順位を自慢すんな」

「そんなに冷たくするなよ。今日ここに来られたのは成瀬くんのおかげなんだ」

夢を叶《かな》えてもらったことで、元口はすっかり成瀬の味方になったようだ。

木乃美たちは白バイ隊員だ。神奈川県警第一交通機動隊みなとみらい分駐所A分隊に所属している。いわば一介の地方公務員に過ぎない一同が、横浜スタジアムの屋内練習場——しかもオリンピックを控えたこの時期にこの場所にいられるのは、ほかならぬ成瀬のおかげだった。人気俳優だけあってプロ野球選手とも交流があるらしく、成瀬の口利きにより、今回の訪問が実現したのだ。

横浜スタジアムは、横浜市中区の横浜公園内にある。みなとみらい地区にもほど近く、分駐所からも歩いて三十分ほどの立地のため、当然その存在は知っていた。が、野球に興味のない木乃美には、これまで縁のない場所だった。A分隊のほかの隊員も横浜スタジアムでの野球観戦の経験こそあれど、屋内練習場に足を踏み入れた者はいない。部外者は立ち入ることのできない場所らしい。

きっと貴重な機会なのだろう。いまいちピンと来ないのが申し訳ないと、木乃美は思う。

「冷たくしてるつもりはありません。思ったことを口にしてるだけです」

潤が不服そうに唇を曲げた。

「本人にそのつもりがあるかどうかはともかく、当たりがきつい印象を受けるのは間違いないですけどね」

へへっと意味深げな笑いを漏らす鈴木を、潤がきっと睨《にら》んだ。

「あんたには意識的にきつく当たってる」

「なんでですか！」

「たいしたライテクもないくせに一丁前の白バイ乗りを気取って、調子に乗ってるから」

「ライテクならあります。川崎先輩ほどじゃないけど、本田先輩よりは――」

「そういうところだよ」潤が眉を吊り上げた。

「おれが本田先輩よりライテクがあるっていうのは、厳然たる事実――」

そのとき、「危ないっ」と誰かの声がした。

鈴木の顔に近い金網が激しく揺れる。ボールが飛んできたのだ。

突然の出来事で呆然《ぼうぜん》となる鈴木に、潤が冷笑を浴びせた。

「天罰だ」

鈴木がむっとして口角を下げる。

「なんだよ。その目は」

潤も臨戦態勢だ。

険悪になりかけた二人を仲裁し、班長の威厳を示したのは山羽だった。

「おまえたち、こんなところに来てまで揉《も》めるな。川崎、先輩なんだから少しは後輩にやさしくしろ。後輩に未熟な点があるのは当然だ。おまえ自身が、先輩たちから大目に見てもらいながら成長してきたんだぞ」

「はい」と潤が肩を落とす。

次に山羽は鈴木を向いた。

「鈴木も少しは先輩に敬意を払え。交機隊員に必要なのはライテクだけじゃないことをいい加減理解しろ。だいたいライテクについても、本田はもう一交機内でも上位の腕前だ。印象だけで物事を決めつけるな」

鈴木が納得いかない様子で唇を曲げた。

「そうだぞ、鈴木。本田だけでなく、おれのことも見ならえ」

元口が自分の胸をこぶしで叩《たた》く。

「元口さんを……ですか」

鈴木が苦い物を飲んだような顔になる。

「ライテク抜群。取り締まり件数もつねに上位。同僚からの信頼も厚いA分隊のムードメーカー。見ならうところしかない。どうだ」

太い眉が上下し、周囲に同意を求める。

「だいたい合ってるけど、同僚からの信頼が厚いってところだけは」

なあ、と潤に同意を求められ、木乃美は吹き出した。

「なんだ、本田。なんでそこで笑う？ 笑うところじゃないだろう」

不可解そうに首をかしげる元口が、A分隊に欠かせないムードメーカーであることは間違いない。

「すみませーん」

ネットの向こうから、バットを片手に天田が歩み寄ってきた。

「わっ。ナマ天田」と元口の呟《つぶや》きが聞こえる。

あらためて近くで見ると、やはり大きい。身長はおそらく一八〇センチちょっとなので山羽より少し高い程度だが、身体《からだ》の厚みが一般人とは段違いだ。威圧感がある。

「打ち損じてしまいました。お怪我《けが》はありませんでしたか」

天田はヘルメットを脱いで詫《わ》びた。

「ぜんぜん大丈夫です。気にしないでください」

「なんで元口さんが言うんですか」

鈴木は不満げだ。

「だってなにもなかっただろう」

「なにかあったほうがよかったかもしれない。いっぺん頭でも強く打ったほうが、そのねじ曲がった性格もどうにかなるだろうし」

潤が鼻で笑い、鈴木が唇を尖《とが》らせる。

「どっちがねじ曲がってるんですかね」

「いい加減にしろ」

ふたたび山羽が班長の顔に戻った。

「こちらこそ、大事な練習中にお騒がせして申し訳ないです。お邪魔になってませんか。さっきの打ち損じも、おれたちがいるせいで気が散ったんじゃ……」

A分隊を代表して謝罪する元口の口調は、いつになく緊張を帯びている。

「いえ。これぐらいで気が散っていたら、大観衆の中で試合なんてできません。いまのは皆さんとは関係ない、ただの凡ミスです。しっかりしないといけないな」

天田がはにかみながら笑った。

「調子はどう?」

成瀬は気安い口調だ。

「暑い時期の開催だからね、いつもならシーズン真《ま》っ只中《ただなか》だし、WBCよりはよほど調整しやすい」

例年なら激しいペナントレースが繰り広げられるこの時期だが、まもなく開幕する東京オリンピックのためにプロ野球はレギュラーシーズンを休止中だ。野球競技は開会式の五日後から十一日間の日程が組まれているが、ほとんどの試合が横浜スタジアムで行われるため、日本代表は横浜で調整を続けているらしかった。

「ってことは、金メダル間違いなしってところか」

皆さんもこの質問の答えを聞きたいですよねという感じに、成瀬がA分隊一同の顔を見回した。元口がうんうんと頷《うなず》く。

「野球は一人でやるものじゃないしな」

いかにもその手の質問には慣れているという感じの、天田の模範解答だった。

「けれど拓ちゃんが全打席ホームランをかっ飛ばせば勝てる」

「ずいぶん無茶いうよな、成瀬くんは」

「無茶なのか?」

「無茶だよ。野球は十回打席に入って三回ヒットを打てば優秀といわれるスポーツだ。全打席ホームランなんて現実的じゃない」

「そっかあ。おれあんまり野球わかんないから」

あっけらかんといい放つ成瀬を、元口が信じられないという顔で見る。

「二人はどうやって知り合ったんだ」

「どう……って、なにがきっかけだったっけ」

成瀬は首をひねるが、天田は覚えているようだ。

「あそこだよ。ほら、西麻布《にしあざぶ》の」

「ああ。あのバーか」

「そう。京田《きょうだ》社長が紹介してくれてさ」

「あのゲームアプリ作ってる会社の社長さんな」

人気俳優と花形プロ野球選手ともなれば、交友関係は華やかそうだ。

出会ったころの話でひとしきり盛り上がった後で、天田はA分隊の面々を見た。

「皆さんは白バイ隊員なんですよね」

「そ、そうです」

頷く元口の表情はまだ硬い。

「そうそう。おれがスピード違反で捕まったのが、潤ちゃんとの運命の出会いだったよね」

テレビ画面やスクリーン越しに何百万人もの女性を魅了する成瀬の笑顔も、潤にだけは通用しない。

「法律違反を運命なんて言い方すんな。反省してんのか」

「してるよ」

「気持ち悪いから近づくな」

「ほんと素直じゃないな」

潤と成瀬の会話に苦笑しつつ、天田は言った。

「もしかして、聖火ランナーを先導した皆さんですか」

A分隊一同は互いの顔を見合わせた。

「ええ。聖火ランナーが横浜周辺を走ったときには、うちが警備にあたりましたが」

山羽の答えに、天田は満面の笑みを浮かべた。

「本当ですか！　なんか、皆さんのお顔、どこかで見たことがあるような気がしてたんです」

「本当かよ」

成瀬は冗談だと思ったようだ。木乃美もそう思った。プロ野球選手一流のリップサービスかと。

だが違った。

「テレビのニュースでやってたの、見ました！　かっこいいですよね。あんなデカいバイクを転がして。実は僕、子供のころから白バイ隊員に憧れていたんです」

「マジですか」

驚きのあまり、鈴木の声は裏返っていた。

「マジもマジ。大マジです。『月刊バイクライフ』の付録でついてる全国白バイ安全運転競技大会とか、白バイ隊員のライテク特集とかのＤＶＤ、ぜんぶ取ってますよ」

「本当に？　『バイクライフ』読んでるんですか」

潤の瞳がにわかに輝き始めた。

「ええ。高校生のころからずっと愛読してます。運転はしないよう球団からきつく言われてるんで、二輪免許すら持ってないんですけどね。引退したら真っ先に二輪免許を取りに行こうと思ってるんです」

天田が肩をすくめ、はにかむ。

「それはガチのマニアですね」

鈴木は目をぱちくりとさせている。

潤が木乃美に説明した。

「『バイクライフ』っていうのは、バイク乗りの間では有名な雑誌なんだけど、ときどきＤＶＤ付録がついてるんだ」

「知ってる。その年の全国白バイ安全運転競技大会のダイジェストとか、どこかの県警の白バイ隊員が出演してライテクを解説するような内容だよね。私も買ったことある」

「そのわりには単車にぜんぜん詳しくないですよね」

鈴木が怪訝《けげん》そうな横目を向けてくる。

「え。だって……」

ＤＶＤは観《み》るけど、活字は読まないから。

もじもじする木乃美の横から、成瀬が言った。

「そういや木乃美ちゃん。この前、その安全なんとか大会で優勝したんじゃなかったっけ」

「ええっ!?」

天田の上げた大きな声に、遠くで練習していた選手が驚いてこちらを見た。

「いえ。別に……優勝といっても、中隊の大会の話ですから。全国大会とかじゃないんで」

木乃美は小さく手を振った。顔が熱くなる。

「でもすごいですよね。そしたら次の全国大会には、神奈川県警代表として出場することになるんでしょう。で、たしか全国大会で優秀な成績を収めた人間が、箱根駅伝の先導役に任命されるんじゃなかったっけ」

興奮気味に語る天田の言う通り、年に一度、茨城県ひたちなか市で行われる全国白バイ安全運転競技大会には、各都道府県大会で優秀な成績を収めた隊員が集まる。

通常ならば。

「え。でも。いや……私が優勝したのは昨年の大会で」

あっ、と天田はなにかを察したようだ。

少しぎこちなくなった空気の中で、成瀬だけが呑気《のんき》に首をかしげる。

「そうなの？　じゃあ木乃美ちゃん、昨年の全国大会に出たの？」

「ううん」

木乃美はかぶりを振った。

「なんで？　中隊の大会で優勝したのに、全国大会に出られなかったの」

「うるさいんだよ。バカ」

潤が口を尖らせた。

「えっ。なんで……」

腑《ふ》に落ちていなさそうな成瀬をよそに、「そうだ」と元口が指をぱちんと弾《はじ》く。

「今日のお返しとして、天田選手にみなとみらい分駐所に遊びに来ていただくっていうのはどうでしょう」

天田の表情がぱっと明るくなる。

「いいんですか。でも、お忙しいですよね。とくにいまの時期は大変なんじゃないですか」

ここ横浜では野球とソフトボール、それに男女サッカー競技が開催されることになっており、ソフトボールとサッカーは開会式二日前から日程が組まれている。A分隊も、横浜国際総合競技場や、横浜スタジアム周辺の警備・交通整理にあたることになっていた。

「五輪期間中はお互いになにかと忙しいでしょうから、五輪終了後ではいかがでしよう」

山羽の言葉に、天田はホームランでも打ったかのようにガッツポーズする。

「もちろんです。やった」

「よかったな。拓ちゃん」

成瀬も嬉《うれ》しそうだ。

「ああ。こうなったら必ずメダルを獲《と》らないと。手ぶらでお邪魔するわけにはいかない」

「そんなことないですけど、ぜひ頑張ってください」

元口の励ましに、天田は力強く頷いた。

「はい。頑張ります」

そのとき、天田の背後から声がした。

「どうした、天田。合コンにでも誘われたのか」

ケージの奥の通路に、三人の男がいた。三人とも体格がよく、胸に『JAPAN』の文字を掲げているので、日本代表の選手なのだろう。

三人のうち、天田に声をかけた男が扉を開けてケージに入ってきた。前後逆にかぶった帽子からはみ出た前髪には、パーマがかかっているようだ。顔立ちも整っていて、垢抜《あかぬ》けた雰囲気の男だった。

「崎本《さきもと》さん」と天田が男の名前を口にする前に、「崎本じゃん」と興奮気味な元口の呟きが聞こえた。完全に無意識の呟きだったらしく、「崎本？」と木乃美が訊き返すと「バカ。呼び捨てにするな」と叱責された。

「常勝軍団福岡キングスの崎本駿男《はやお》選手。昨シーズンの首位打者にしてリーグ一の遊撃手だ。そして向こうの通路にいるうち、背の高いほうが名古屋スネークスの丸《まる》田猛《たたけし》選手。三年連続三割三十本を達成した強打の外野手。そして丸田選手の隣にいる恰幅《かっぷく》の良いのが、北海道シャークスの正捕手・岩本功児《いわもとこうじ》選手。昨シーズンのシャークスCS進出の立役者」

話の内容はさっぱり理解できないが、元口の熱のこもった話しぶりから察するに、きっとすごい人たちなのだろう。

「合コンじゃないです、崎本さん。白バイを見せてもらえることになったんです」

「白バイ？」

その単語を生まれて初めて耳にしたかのような、崎本の反応だった。

「こちら、神奈川県警の――」

天田はA分隊を紹介しようとしたが、崎本が気になったのは成瀬のほうらしい。

「もしかして成瀬博己さんですか」

喜色満面に歩み寄る。

「ええ」

「おれ、めっちゃファンなんです。ドラマとかもほとんど観てます。超能力のある刑事が主役のやつ、あれ超よかったです」

「崎本さん。それ違う。成瀬くんが出たやつじゃない」

天田が訂正した。成瀬が困惑しているように見えたのは、そういう理由か。

「そうなのか。失礼しました。あまりテレビ観ないもので」

ついさっき、ドラマをほとんど観ていると言った気もするが。

「そんなことより崎本さん。白バイを見せてくださるそうなんです。一緒にどうですか」

天田は興奮気味に言った後で、ネット越しに見学する一団をあらためて紹介した。

「こちらの皆さんは、白バイ隊員なんです」

「えっ……」

いくらなんでも驚きすぎだと思ったら、崎本の視線は木乃美に注がれていた。

「彼女もそうなの？　とても白バイ隊員には見えないけど」

驚きのポイントはそこらしい。木乃美にとっては慣れた反応だった。背が低くて童顔なので、いつも違反者に舐《な》められてしまう。

「彼女は白バイ安全運転競技大会の優勝者です」

天田の説明を、木乃美は「中隊内のですから」と訂正する。

だがそもそも崎本には興味のない話だったようだ。へえっ、という気のない相槌《あいづち》が返ってきただけだった。

「どうですか、崎本さん。白バイ、見に行きませんか」

あらためて天野が誘っても「ああ。どうかな」と答えを濁す。

崎本は遠巻きにする二人の選手——丸田と岩本に声をかけた。

「おまえらどうだ？　白バイ見に行くか」

二人は曖昧な笑みを交わし合う。

崎本はこちらに視線を戻し、肩をすくめた。

「せっかくのお申し出ですが」

「気にしないでください。天田選手に加えて崎本選手までいらっしゃったら、緊張して仕事どころじゃなくなっちゃいます」

元口が顔を紅潮させながら言った。

崎本がこれで失礼しますという感じに軽く手刀を立て、ほかの二人とともに去って行く。

その後ろ姿を残念そうに見送りながら、

「白バイ、かっこいいんだけどなあ」

天田が広い肩をすとんと落とした。

2

「なにやっとるとや！」

怒声とともに唾が飛んできたような気がして、木乃美は思わず顔を背けた。

「なんでそんなに怒ってるの。意味わかんないんだけど」

「これが怒らずにおられるか！　どうしておれに声かけんとか！」

でっぷりと太ったスーツ姿の男が地団駄を踏む。男がアスファルトを踏み鳴らすたびに、頭頂部で綿毛のような毛髪がふわり、ふわり、と揺れた。

男の名は坂巻透《さかまきとおる》。県警本部捜査一課に所属する刑事だった。木乃美とは警察学校の同期だが、木乃美が高卒、坂巻が大卒で入校したために、年齢は坂巻のほうが四つ上だ。

「なんで部長に声かけないといけないの。招かれたのはA分隊なのに」

まだ三十前の坂巻の役職が部長であるわけがない。若いころから貫禄《かんろく》だけは役員クラスだった老け顔の同期に、警察学校時代の仲間が授けた渾名《あだな》だった。

「そういうのはさあ」坂巻は急にすがるような口調になる。

「どうとでもなるだろうよ。一般市民にはどいつが交機だとか、どいつが捜一だなんてわかりゃしないんだから」

「私に嘘《うそ》つけっていうの？　信じられない」

「そういうわけじゃなか。親友として少しは融通利かせてくれてもいいやないかと、言うとるとたい」

「それが嘘つけってことじゃないの」

「違うやろうが」

坂巻は自分の髪の毛をわしゃわしゃしようとしたが、結局はやさしく撫《な》でつけただけだった。抜け毛を気にしたようだ。

「っていうか、仕事中なんだけど。捜一ってそんなに暇なの」

木乃美は坂巻と話しながら、右から左へとしきりに視線を動かしている。道路を通過する車両を確認しているのだ。

木乃美はライトブルーの制服に身を包み、ヘルメットをかぶっていた。そのかたわらには、ホンダCB1300Pがスタンドを立てている。

　午前十一時。木乃美がいるのは横浜市中区の路上だった。

　東京オリンピック開会式当日。

　ここ二週間ほど、街全体がお祭りムードだった。交通量全体も増えたし、遠隔地のナンバープレートの割合も高い。慣れない場所だからか、浮かれ気分で運転するからか、交通事故の発生件数も例年に比べて多くなっていた。だが、お祭りムードも今日は少しだけ落ち着いているように感じられる。午後八時からの開会式以外には、東京都江東区《こうとう》の海の森水上競技場でボート競技が、夢の島公園アーチェリー場でアーチェリー競技が行われているだけだ。嵐の前の静けさといったところか。

「暇なわけないやろうが。この前まで都筑区《つづき》の殺人事件捜査にかかりきりやったとぞ。あの事件の捜査で、何日家に帰れんかったて思うとるとや」

　坂巻が眉を吊り上げる。どんな表情をしてもどことなく愛嬌《あいきょう》のある顔立ちは、聞き込みでは強力な武器になるらしい。いまだに信じられないが、この同期は優秀な刑事として、周囲から一目置かれる存在なのだという。

「都筑区の事件って、奥さんが行方不明になったと思ったら、旦那さんが殺してたってやつだよね」

ニュースで見た。浮気しているのを責められた夫が発作的に妻を殺害、その後強盗に入られたようにマンションの室内を荒らしたという事件だった。

「そうたい」

「あんなの、旦那が犯人に決まってるじゃない。ニュース見た瞬間にわかった。何日も署に泊まり込むほど複雑な事件じゃないでしょう」

坂巻が信じられない、という感じに両手を広げた。

「なに言うとるとか。ミステリー小説じゃあるまいし、そう簡単に犯人を逮捕できるわけがなかろうが。とても警察の人間とは思えん発言やな」

「でも簡単じゃん。旦那がワイドショーのインタビューに応じてたけど、めちゃめちゃ目が泳いでたし、いかにも怪しいって感じだったもん」

「そのときにはとっくにマークしとったさ。ただ心証だけで逮捕するわけにはいかんやろうが。こつこつ証拠を集めて犯行を立証する必要が――」

「ちょっと待って！」

木乃美は話を打ち切り、バイクのシートに跨《また》がった。素早くエンジンをかけ、アクセルを開く。ぐん、と風圧で上体を押される加速感。

サイレンを吹鳴《すいめい》させながら、拡声ボタンを押した。

「赤の軽自動車のドライバーさん、左に寄せて止まってください」

前方を走る赤い軽自動車は、先ほど木乃美の目前を通過していった車だった。木乃美の指示に従い、左ウィンカーを点滅させる。久留米《くるめ》ナンバー。九州からオリンピックを観に来たのだろうか。

木乃美は軽自動車の後ろに白バイを止め、軽自動車のエンジンが止まるのを待ってバイクをおりた。

サイドボックスから交通反則告知書——通称『青切符』を取り出し、軽自動車の運転席側に歩み寄る。

ドライバーは二十代半ばぐらいの若い男だった。白いタンクトップが眩《まぶ》しいぐらいに肌は小麦色で、ツーブロックの髪型の刈り上げた部分にカミナリ模様のラインを入れている。助手席には男と同年代ぐらいの若い女がいた。

ウィンドウがおりると同時に、甘い芳香剤の香りが鼻をつく。

「はーい。なんね。お姉ちゃん」

明らかに女性白バイ隊員を侮《あなど》ったような口調だった。木乃美には慣れっこだ。いちいち腹を立ててはキリがない。

「駄目じゃないですか、スマホいじりながら運転してちゃ」

スマホをいじっていませんでしたか、ではなく、駄目じゃないですか。違反を確認するのではなく、既成事実として取り締まりを始めることで、相手に言い訳の余地を与えない。これまでの経験から学んだ会話術だった。

「いじっとらん。見間違えたっちゃないと？」

男はへらへらと笑っている。

「うちはスマホ見とったけど。お姉さんが見たのって、これじゃないの」

女は自分のスマートフォンを掲げて見せた。老若男女に人気のネズミのキャラクターをあしらった、鮮やかなピンク色のスマホケースに収められている。

木乃美はかぶりを振った。

「違う。それじゃない」

「じゃあお姉さんの勘違いやな。おれはスマホなんか取り出しとらん――」

男の詭弁《きべん》を遮って言った。

「茶色いキルティングの合皮っぽいスマホケース。下のほうに白いマークが入ってる……たぶんだけど、白いマークはシャネル」

男は大きく目を見開いて絶句した。

「違いますか？」

木乃美はちらりと視線を下に向け、スマートフォンを見せるように促した。

「えっ、と……」

「スマホ、見せてもらえますか」

男は狼狽《うろた》えた様子でポケットからスマートフォンを取り出した。木乃美の言った通り、茶色いキルティングのスマホケースで、シャネルのロゴマークも入っている。

「携帯電話の使用は三点の減点です。免許証を出してください」

すっかり観念したらしく、男は素直に従おうとした。

が、免許証を持った男の手首を、女が素早くつかむ。

「カズくん。しないでいい。免許証を渡す必要はないよ」

「マジで？」

「うん。提示義務はあっても提出義務はないっちゃけん」

またこのパターンか。木乃美は内心で天を仰いだ。なにかの本だかインターネットだかにそういう情報が書かれているらしく、聞きかじりの法律知識を盾に抵抗してくる違反者がたまにいるのだ。

「本当か？」

「うん。この前読んだマンガに書いてあった。間違いない」

マンガか。

「じゃあ提出はしないでいいけど、情報が読み取れるようにしっかりこちらに見せてください」

木乃美はうんざりしながら手招きをした。

「言う通りにしなくていいけん、カズくん。一瞬だけチラッと見せれば提示したことになるとって」

「なりません」

「なる」

「なりません」

女二人に挟まれた男が、おろおろと視線を泳がせる。

「カズくん。うちを信じて」

「信じてもかまいませんけど、そうなった場合、こちらは刑事手続きに移らせてもらいます」

「刑事」という言葉を聞いた瞬間、男の顔色が変わった。

「カズくん。そんな言葉信じちゃ駄目。ハッタリに決まっとる」

「ハッタリでなければ、彼に前科がつくことになりますけど」

女がものすごい形相で睨んでくる。

そのとき、坂巻が突き出た腹を揺らしながら駆け寄ってきた。

「なんや。いきなり走り出したけん、びっくりしたぞ」

両膝に手をつき、ぜえぜえと肩を上下させる。

「違反を見つけたから」

木乃美は言った。

「違反って言うても、そんなにスピードも出してなかったし、信号無視もしとらんやったと思うが」

木乃美は見えないスマートフォンを顔にあててみせた。

「スマホ。いじりながら運転してた」

「マジか。認めたくはないがさすがの動体視力や。よう見とったな」

交通機動隊員としての木乃美の最大の武器は、人並み外れた動体視力だった。高速走行する車のナンバーを読み取ったり、対向車線ですれ違ったドライバーの服装を観察する程度ならお手の物だ。

「そりゃそうだよ。誰かさんと違って私は服務中だもの」

「おれだって服務中たい。ただ、刑事はいつも同じように忙しいとは限らん」

「刑事？　本物の」

運転席の男が目を剝《む》いた。

女のほうもさすがに少し怯《ひる》んだ様子だ。

「おう。そうたい。本物の刑事たい。かっこいいやろうが」

坂巻が車内を覗《のぞ》き込みながらにやりと笑う。

その後、違反者は素直に免許証を提示し、青切符の交付を受けた。

「しっかし、よくもまあはるばる北九州から軽自動車で。ご苦労なことたい。オリンピックっちゅうのは、国民的行事なんやな」

走り去る軽自動車を見送りながら、坂巻が肩を上下させる。

「ありがとうは言わないからね」

木乃美は唇を曲げた。免許証を見せる見せないの押し問答が、坂巻の登場で風向きが変わったのは明らかだった。

一人でもやれた。坂巻がいなくても、違反者を説き伏せることはできた。

そういう思いから発した言葉だったが、

「ありがとう？　なんの礼か」

坂巻には意味がわからないらしい。木乃美を追いかけてきた行動に、とくに意図はなかったのか。

「別に。なんでもない。九州の人って、みんなあんなに運転マナーが悪いの」

「あのな、九州といっても広いとぞ」

「はいはい。わかってる。一緒くたにするな、でしょ」

坂巻からはいつもそう言われるのだ。手をひらひらとさせて話を終わらせた。

あらためて坂巻が言う。

「そんなことより、オリンピックが終わったら、天田がみなとみらい分駐所に遊びに来るとやろ」

「メダル獲ったらね」

獲れなくてもいいと元口は言ったが、獲れなかったら来ないと思う。そういう生《き》真面目《まじめ》で自分に厳しい人という印象を、天田からは受けた。

「獲るに決まっとるやないか。天田と崎本の二遊間はメジャーでも通用するレベルぞ。丸田のパワーも世界で通用するレベルやし。捕手の岩本がちょっと心許《こころもと》ないけど、そいでもかなり強力な布陣たい」

「岩本って人は下手《へた》くそなの？」

　この前屋内練習場で見かけた中にいた、ずんぐりとした体型の選手を思い出した。元口によれば、たしか北海道シャークスのＣＳ進出の立役者らしいが。

　っていうか、ＣＳってなんだろう？

「下手くそってことはないさ。プロなんやしな。肩は強いしリードも悪くない。けど打力がないけんな、岩本は。あまり打てんのよ」

「そうなんだ」

「ああ。本来なら侍ジャパンの正捕手は埼玉ラビッツの塚越《つかごし》たい。塚越なら打力も申し分ない」

「それがどうして岩本選手になったの」

「怪我たい、怪我。塚越が腰を痛めた。それで代表を辞退して、急遽《きゅうきょ》岩本が招集されたってわけたい。ほんと急なあれやったけんな。二か月前までは塚越が正捕手やったとに」

「ふうん」

　それならば空いた穴を埋めて感謝されるべき存在のはずなのに「心許ない」と言われるなんて、プロスポーツの世界は厳しいな。

岩本選手に同情の念を抱いたところで、無線機が注意喚起音を発した。

『こちら港南《こうなん》二六。職質しようとしたところ逃走した二輪車を追跡中。当該車両は日野《ひの》南郵便局付近の環状三号線を東へ走行中。車種は不明だが黒のネイキッドタイプ。応援願いたい』

『神奈川本部了解。傍受の通り。付近最寄《もよ》りのPCにあっては、港南二六に集中運用のこと。以上、神奈川本部』

日野南郵便局付近の環状三号線を東。港南台《こうなんだい》駅付近か。こちらに向かっているのかもしれない。

「ごめん。部長。話はまた今度！」

「あ。おいっ」

坂巻を無視し、木乃美は飛び乗るようにシートに跨がった。無線機で本部に告げる。

「交機七八から神奈川本部。向かいます」

そのままスロットルを開き、走り出した。

3

『交機七三から神奈川本部』交機七三は元口のコールサインだ。

『逃走車両は黒のＣＢ４００スーパーボルドール。磯子《いそご》駅付近の横須賀街道を横浜方面に北上中。追跡を継続する』

小回りの利く二輪車の追尾は、港南署のパトカーには荷が重かったようだ。付近で取り締まりにあたっていた元口の白バイが追跡に加わり、いまでは元口が単独で追跡するかたちになっている。

木乃美は横浜方面から横須賀街道を南下していた。

このまま行けば、逃走車両と対向車線ですれ違う。

無線で元口に報告しようとしたそのとき、山羽の声が聞こえてきた。

『交機七一から交機七三。堀割《ほりわり》川を渡って横須賀街道を南下中』

木乃美よりも山羽のほうが、一足先に元口に合流しそうだ。

そのとき『あっ……』という元口の声がした。

『どうした』

山羽が訊《たず》ねる。

『すみません。やっこさん、急に左折しました。磯子旧道に入るみたいです。ライテクはなさそうなのに、異常なほど肝が据わってやがる。相当無茶なコーナリングしましたよ。ちょいちょいどこかにぶつけてるのか、カウルの破片が飛び散ってる。一瞬事故ったかと思った。ひやっとした』

『なにやってんすか。見失わないでくださいよ』

電波を通じて軽口を飛ばすのは鈴木だ。

『うるせーよ。相手はクソ度胸だけの素人ライダーだ。見失うことはない。ただ班長、やつのライディングはヤバいです。酒か薬でもやってるのかも。あ……いまもなにか破片が飛んだ。見てて怖いわ。下手したら事故るぞこれ』

『わかった。あまり深追いはしないように、距離を保って追跡を続行しろ』

『了解です』

それから元口による断続的な追跡の報告があった。

逃走車両は磯子区の住宅街を走り回って天神《てんじん》道路を北上。南区に入り、大岡《おおおか》川を越えて北上するかと思いきや、ふたたび川を渡って東に進路をとったようだ。相変わらず危険な運転を続けているらしい。

木乃美はいったんバイクを止め、ハラハラしながら無線に耳をかたむけていた。

すると、背後から声がした。

「木乃美」

潤が白バイに跨がっていた。

「危ないね。元口さんから逃げてる単車」

そう言ってヘルメットのシールドを持ち上げる。

「逃走車両を見たの？」

「いいや。見てなくても音でわかる。なんか、ライダーは頭のネジが外れたみたいな走りだった。普通じゃない。変に近づくと刺激することになりそうだから、元口さんに追跡を任せることにした」

人並み外れた動体視力を持つ木乃美にたいし、潤はすぐれた耳を持っている。排気音を聞いただけで車種や速度を言い当てられるのだ。

「お酒か薬だって、元口さんは言ってたけど」

「私もその可能性があると思う。まともな心理状態の人間が、あんな無茶な乗り方できるはずない。恐怖心がないみたいだった」

「そうなんだ」

いったいなにが起こっているのだろう。逃走車両は商業地域へと向かっている。ライディングテクニックの差は歴然だ。元口の追跡から逃げ切ることなどできるはずもないのに、いつまでも逃げ続ける目的はなんだ。足もとから底知れぬ不安が這《は》い上がってくる。

「とにかく私たちも追いかけよう」

「うん」

二人で元口たちの後を追った。

ほどなく、無線から鈴木の呑気な声が聞こえてくる。

『交機七九から交機七三。お待たせしました。真打ち登場です』

『頼むから余計なことすんなよ』

元口の声からはすっかり余裕が失われていた。

『またまた。強がらないでください。CB400は新横浜通りを桜木町《さくらぎちょう》方面に向かっているんですよね。いまJR桜木町駅付近にいますから挟み撃ち……うわっ！』

転倒したのだろうか、バタバタという雑音が聞こえる。

『交機七一から交機七九。どうした。大丈夫か』

山羽が鈴木に訊ねる。

しばらくして、鈴木の声が戻ってきた。

『あいつおかしい！　いかれてる！　本気でぶつかってくるかと思いました！』

真打ちを気取りながら、あっさり逃走車に撒《ま》かれたようだ。

『だっさ。かっこつけといてなにやってんだか』

潤にののしられ、鈴木が反発する。

『おかしいんですって！　まともなやつの走りじゃない！』

『そんなの最初からわかってるっての』

『だからって、元口さん一人に押しつけて高みの見物決め込むんですか！』

『そんなわけないだろ！　置いてくぞ！』

潤と木乃美はサイレンを吹鳴させながら、猛スピードで鈴木の白バイの横を通過する。鈴木は迫り来るＣＢ４００を避けようとして、バイクごと転倒したようだ。両手でハンドルを握り、バイクを起こそうとしていた。

慌ててシートに跨がる鈴木の姿が、バックミラーに映る。

『横浜駅のほうに向かってる。危ないな』

山羽の声がする。

すぐ後ろに気配を感じたので鈴木かと思ったが、山羽だった。はるか後方に、鈴木の白バイが見える。

『やっぱ普通じゃない』

そう呟いたのは潤だ。

前方に元口の白バイが見えてきた。その少し先には、逃走車両らしき二輪車のお尻も見える。元口が鳴らすサイレンの音で、車列が次々に路肩に寄せて停止する。そうやってできた隙間に飛び込むようにしながら、逃走車両が爆走する。先行する車両が少しでも左に避けるのが遅ければ、追突してしまいそうなギリギリのタイミングだ。たしかに恐怖心が麻痺《まひ》したかのような走り方だった。見ているだけで指先から血の気が引く。

『このままでは危険だ。歩行者も車も多すぎる』

そう言って、山羽は部下に指示を与え始めた。『横浜駅から遠ざかるように誘導しよう。おれと本田、鈴木が次の角を右に曲がり、逃走車両を先回りするかたちで駅への進路を――』

ところが。

ふいに悲鳴のような甲高い音が響いて、心臓が止まりそうになった。急旋回や急制動のときに、車輪が地面と擦《こす》れることで発生するスキール音だ。

　危なっかしい走行を続けていた逃走車両がついに事故を起こしたかと思ったが、違った。

　前方の交差点を強引に右折しようとするＣＢ４００が見える。

　事故は起こしていない。だが安心できる状況でもない。

『あっちは駅だ！』

　鈴木が叫んだ通り、逃走車両が向かったのはＪＲ横浜駅に続く道だった。多くの商業施設が建ち並んでおり人通りも多い、横浜一の繁華街でもある。

　案の定、すぐに女性の悲鳴が聞こえてきた。一つだけではない。二つ、三つ。そこに男性の怒号も加わり、怒りと恐怖の多重奏になる。遠くの混乱が伝播《でんぱ》したかのように、木乃美の肌は粟立《あわだ》った。

　逃走車両を追って、元口も右折する。

　その後に続くかたちで潤と木乃美も右に車体をバンクさせた、そのときだった。

　どんっ――。

　なにかが激しく衝突した音。

　木乃美は息が詰まるような感覚に襲われた。頭よりも先に本能が、事故の発生を直感していた。

だがそれで終わりではなかった。

どんっ。

どんっ。

どんっ。

衝突音は立て続けだった。打楽器でも打ち鳴らすように、いくつもの音が聞こえる。

「なになに……？」

わけがわからずに、木乃美はヘルメットの中でひとりごちた。本当は理解できないのではなく、理解したくなかったのかもしれなかった。

右折を終え、繁華街に入る。

『しまった……やっちまった』

いつものがさつなイメージとはほど遠い、元口のか細い声が聞こえた。

前方に元口の白バイがいた。前進してはいない。片足を地面について、途方に暮れているように見える。

その向こうに広がる光景に、木乃美は息を呑《の》んだ。

潤の白バイが元口の隣に停止し、ひょいとシートから降りる。

ヘルメットを脱ぎながら、元口や木乃美のほうを見た。

「なにこれ……」

質問ではなく、信じたくない気持ちから漏れた独り言だろう。

山羽と鈴木の白バイも追いついてきて、停止する。

二人ともヘルメットを脱いだが、言葉は出てこない様子だ。

「なにこれ。なにこれ。なにこれ！」

次第に実感が湧いてきたように、潤の声には感情がこもり、最後は絶叫のようになっていた。

繁華街の歩道には、人が倒れていた。それも一人ではない。

ＣＢ４００の暴走の道筋を示すように、何人もが道々に倒れていた。

2nd GEAR

1

カウンター越しに差し出されたグラスの中の液体をじっと見つめた後で、木乃美はグラスを突き返した。

「これ、水じゃないの」

「そうだよ。少し飲み過ぎだ」

そう言って心配そうに眉を上下させるオールバックの男は、マスターの長妻《ながつま》という。山羽のおかげで更生した元暴走族らしいが、そんな過去など信じられないほど穏やかな印象の男だった。

ある事件の捜査で訪れて以来、木乃美は石川町の外れにあるこのバーを贔屓《ひいき》にしていた。マスターの人柄も好きだし、隠れ家みたいで雰囲気が良い。そしてなにより、現在の木乃美の住まいである、湊《みなと》警察署の独身待機寮まで徒歩十分ほどという立地が魅力だ。

「そんなことないもん。平気だもん」

「なんだって？」長妻が自分の耳に手を添える。「ろれつがまわってないよ。なに言ってるのか聞き取れない」

「嘘だあっ。そこまで酔ってない」

「まあ、嘘なんだけど。でももう飲まないほうがいい」

「まだ平気だもん」

「明日だってあるんだろう？　オリンピック始まって、忙しいんじゃないのか」

「そうでもない。横浜でやるのは野球、ソフトボールとサッカーだけだし、サッカーは横浜だけじゃなくて埼玉とか仙台とかでもやってるし。今日だって、女子サッカーの一次予選を札幌と宮城と埼玉でやってるけど、横浜では試合がないもん」

「けど人は多いじゃないか。地方に住んでるおれの友達、仕事でこっちに来る用事があったのに、ホテルが取れないって嘆いてたぞ。交通量が増えて白バイ隊員さんも忙しいだろう」

「そうだけど……だからこそ飲まなきゃやってられないの。お酒ちょうだいよ」

スツールから腰を上げようとしたら、両隣からのびてきた手に肩を押さえつけられた。

「いい加減にしなって。木乃美」

左隣が戸村美樹《とむらみき》。横浜市消防局所属の救急隊員。

「そうだよ。酔い潰れた木乃美をおぶっていくのも大変なんだからね」

右隣が高柳蘭《たかやなぎらん》。同じく横浜市消防局所属の、こちらは消防ポンプ隊員だ。

「体力錬成になってよかったたって言ってたじゃん」

「あんなの冗談に決まってるじゃない。なんで好きこのんで酔い潰れた友達をおぶって歩かなきゃならないの」

「筋トレ好きの筋肉お化けだから」

ぴくりと頬を硬くする蘭の顔を見て、意識の芯が冷えた。酔ったからといって言い過ぎた。蘭は自分のがっしり体型を気にしている。

「木乃美の気持ちはわかるけどね。あんな現場を見ちゃったら……」

美樹が小皿のピーナッツを自分の口に放り込む。

A分隊の追跡から逃げ回ったCB400スーパーボルドールは横浜駅前の繁華街

に突入した直後、歩道を歩いていた通行人を次々にはね飛ばし、速度を落とすことなく最後はビルの壁面に激突した。十二人が救急搬送され、うち三人が死亡、逃走車両のライダーも即死という大惨事になった。

「たしかに。あれはトラウマになる」

蘭も虚空に憂鬱そうなため息を吐《つ》く。

美樹と蘭は一一九番通報を受けて現場におもむき、傷病者の救護と搬送に携わっていた。救急車から降りてきたときの、美樹の真っ青な顔は忘れられない。

飛び交う悲鳴と怒号。道に横たわる人々。救護活動に動く善意の人たちと、その様子をスマホのカメラで収めようとする、無責任な悪意の野次馬。幾重にも響く消防車と救急車のサイレン。怪我人の中には海外からの旅行者もいたらしく、連れらしき外国人女性の、どこの言葉かわからない、助けを求める金切り声が耳にこびりついている。

阿鼻叫喚とはあのことだ。

「二人とも、もう平気なの」

木乃美は左右に顔を振りながら訊《き》いた。

「平気っていうか、慣れるしかないからね」

「そうそう。私たちにできることはやった。最善を尽くしても、亡くなる人はいる」

美樹と蘭が頷き合う。さすが百戦錬磨の消防士は違う。

「でも、木乃美ちゃんが簡単に割り切れないのもわかるぜ。おれはニュースで見ただけだけど、現場の混乱はヤバかったな。あの道はもちろんおれもよく知ってるけど、あんなところを単車で一〇〇キロ近いスピードを出して、しかも一方通行を逆走しながら歩道に乗り上げるとか、考えただけでぞっとする。おれが現役のときでもそんな無茶はしなかったし、仲間うちでもそこまでのバカは聞いたことがない」

長妻は細く整えた眉を歪めた。

「木乃美。逃げてたバイクのライダーは、薬とかお酒とか飲んでなかったの」

美樹が真剣な顔で訊く。

木乃美はかぶりを振った。

「いま調べてるらしいけど、まだ結果は出ていない……と、思う」

ライダーの遺体が司法解剖されることになったとは聞いた。だがその結果が、末端の交通機動隊員にまで知らされるだろうか。もしかしたらとっくに結果が出ていて、知らされていないだけかもしれない。

「そっか。まだ昨日の出来事だもんね。わかんないか」

蘭は素直に受け入れたようだ。

「でもぜったいなにかやってたと思うよ。じゃなきゃあんな無茶苦茶なことしないでしょ。それか、急に病気の発作が起きたとかで意識を失ったか」

美樹の推理に、長妻がなるほどという顔をする。

「たまにそういう話あるよな。持病の発作が出て暴走しちゃうってやつ」

「ライダーには、なにか持病でもあったのかな」

蘭の疑問に、長妻が半笑いで肩をすくめた。

「おれが知るか。でもさ、そいつはけっこうな距離を逃げ回ったんだろう？」

「うん」

木乃美は頷いた。

港南台駅付近で職務質問を振り切って以降、白バイ隊の追跡を撒こうと撹乱《かくらん》するように方向転換を繰り返しながらJR横浜駅の近くまで、相当な距離を走り回った。技術はないが恐怖心の麻痺したかのような強引なライディングは、むしろよくあれだけの距離を、事故を起こさずに走り回れたものだと思う。

あんな走りをしていたのだから、最終的に事故を起こすのは避けられなかったのではないか。

あるいは、逃走車両がもっと早くに事故を起こしてくれていれば、被害は少なく済んだのではないか。

恐ろしい思考に至っている自分に気づき、ぶんぶんとかぶりを振る。

「どうした？　木乃美」

美樹が覗き込んでくる。

「なんでもない」

「とにかくさ」と長妻が話を戻す。

「長距離を逃げ回ってたんなら、病気の発作とかの可能性はなくないか」

「でも、ああいうのって急に来るから」

美樹は救急隊員の顔になった。

「散々逃げ回った挙げ句、都合よくなにかの発作が起こるってか？」

やや馬鹿にしたような長妻の口調にも、大真面目に頷く。

「あるかもしれない。でも年齢的にも若いみたいだし、可能性が高いのは飲酒か薬物だと思うけど」

「若いっていうけど、実際の年齢はわからないんだよね。結局身元はわかったの？」

蘭は木乃美を見た。

「わかってない……と、思う」

自信はないが、おそらくは。

木乃美は眉を下げ、肩を狭めて小さくなるしかない。事故調査は交通捜査課が担当しており、交通機動隊員の出る幕はない。

ほぼ即死状態だったというCB400のライダーは、身元を証明するようなものをいっさい所持していなかった。ナンバープレートも偽造されたものだったので車両登録を辿《たど》ることもできず、身元の特定作業が難航しているという。わかっているのは遺体の外見から、二十代からせいぜい三十代前半ぐらいの若い男性であるということだけだ。

「ナンバープレートの偽造って、そんなに簡単にできるものなの？」

美樹が素朴な疑問を口にする。

「完成度にもよるとは思うけどな」

腕組みをする長妻に、蘭が質問する。

「マスターはやったことある？」

「偽造まではない。折り曲げて後ろから読み取られないようにしたりとかはあるけど」

ばつが悪そうに苦笑し、木乃美を見た。「ナンバーの偽造までやっていたってことは、ただの悪ガキじゃない。なんらかの組織的な犯罪にかかわってた可能性が高いんじゃないか」

「そう……かなあ」

なにもかもわからないし、自分にはなにもできない。

ため息を吐き、カウンターに突っ伏した。

「ああいう場面に遭遇すると、自分の無力さを痛感する。私、なにもできなかった」

救急隊の到着まで、A分隊一同で手分けして応急処置を行った。

木乃美はCB400にはねられた、七十代ぐらいの女性の止血を行った。女性は脚が普通ならありえない方向に曲がっており、痛い痛いと木乃美に訴え続けた。不幸中の幸いで命に別状はなかったようだが、あの女性はふたたび歩けるようになるのだろうか。交通事故は人生を大きく変える。それを減らすために日々活動していたというのに。

「しょうがないよ。でも、木乃美には木乃美にしかできないことがある」

蘭に肩を叩かれた。

「そうだよ。あのシチュエーションで警察官に八面六臂《はちめんろっぴ》の活躍をされたら、日ごろから救急救命のために訓練を重ねてる私たちはどうなるの。存在価値がなくなるじゃない」

美樹は当然のような口ぶりだ。

「二人の言う通りだ。餅は餅屋。蘭ちゃんと美樹ちゃんは事故現場で人を助けるのが仕事。木乃美ちゃんは交通取り締まりで事故を未然に防ぐのが仕事」

「今回は防げなかったけど――」

美樹が口を滑らせかけたが、長妻に「こらっ」と口の動きだけでたしなめられ、自分の口を覆う。

蘭が慌ててフォローした。

「私たちだって全員を助けたいと思って仕事してるけど、亡くなってしまう人はいる。だから木乃美たちがいくら頑張っても、事故が起きることはある。手を尽くしてもどうしようもないことはある。しかたないんだよ。そうやって割り切っていかないと、身が保《も》たないって」

「ううん」

そうか。そうだよなあ。

全力は尽くしたし、完璧を求めること自体、思い上がりなのかもしれない。

そうやってなかば無理やり自分を納得させた、二日後のことだった。


「あれ。元口さんはどうしたんですか」

鈴木が横一列に並んだA分隊一同の顔を覗き込むように、上体をかたむけて列からはみ出した。

みなとみらい分駐所の車庫の前だった。気温自体はまだそれほどでもないが、日差しが鋭さを孕《はら》み始めた午前八時半。木乃美の身につけたヘルメットの、内張りと頬が接触する部分も、すでにじんわりと汗で湿っている。

「元口は本庁だ」山羽が答えた。

「なんでですか」

理由を問うように、鈴木がほかの隊員たちの顔を見回す。

「まさか。この前の事故で?」

潤が眉根を寄せて険しい顔つきになった。

「どういうことですか。事故ってあのCB400のですか」

首をかしげる鈴木に、潤が言う。

「あんた、知らないの。あの事故は白バイ隊員の強引な追跡の結果じゃないかっていう非難の声が上がってるの」

「はあっ？　誰がそんなこと言ってるんですか」

「誰がって、世間が」

「世間ってどこのどいつですか」

「あんた、テレビとかネットとか見てないのか」

潤の面倒くさそうな物言いに、鈴木はむっとしたようだった。

「見てますよ」

「ならわかんだろ」

なあ、と潤から話を振られ、木乃美は反射的に頷いた。

オリンピック開会式直前に発生した横浜でのバイク暴走事故は、世界的なニュースになっているようだ。開催国としての警備体制の不備を問うような国際的な世論もあるらしい。そして国内的には、白バイの行き過ぎた追跡が逃走車を追い詰め、事故を引き起こしたという批判も上がり始めているという。

「わかりません。おれにはまったく」

鈴木が大きくかぶりを振る。

「だっておかしいじゃないですか。事故がないように最大限の配慮はしてた。おれらも後ろから見てたけど、元口さんは逃走車両を追い詰めてしまわないように、じゅうぶんな距離を保っていた。ですよね」

同意を求める視線に、またも反射的に頷いてしまう。

「鈴木くんの言う通りだと……思う」

「思う、じゃないんですよ。思う、じゃ。頼りない言い方しないでください。事故が起きたのは元口さんのせいじゃない。あのバカが無茶な走りを続けたせいだ。それ以上でも以下でもない。なのに思う、ってなんですか。思う、じゃない。事実なんですよ。元口さんに責任はないんです」

「木乃美を責めてどうする。そう思うなら本部に乗り込んで抗議でもしてくればいい」

潤の小馬鹿にしたような口調に、鈴木が顔を真っ赤にする。

「してきます」

「できないくせに」

「できます」

「待て」山羽が手を上げた。

「こんなときにまでいがみ合ってどうする」

二人は不服そうにしながらも、睨み合いを中止した。

「たしかに、あの事故は白バイの過度な追跡が引き起こしたものではないかという、批判の声が上がっている。その批判が的外れだというのは、ここにいる全員にとっては周知の事実だ。おれもあの場に居合わせて、CB400と元口の走りを後ろから見ていたからわかる。CB400のライダーは、追ってくる元口のことなんて意識しちゃいなかった。あの事故は防ぎようがなかった」

山羽は一人ひとりに語りかけるように視線を動かしながら話した。

「だが、元口の追跡を見ていたのはおれたちだけだ。あれだけの大惨事だ。どこかに原因を求めたいという市民感情も理解はできるし、五輪期間中という事情もある」

「ちょっ、ちょっと待ってください」

我慢ならないという感じに、鈴木が話を遮った。

だがそれよりも先に口を開いたのは、潤だった。

「元口さんがスケープゴートにされるっていうんですか！」

予想外の方向からの攻撃にやや驚いた様子ながらも、山羽は頷いた。

「はっきり言ってしまえば、そういうことだ。上層部は誰かに責任を押しつけて、一刻も早く幕引きしたいと考えている」

「そんな……！」

そんなことが許されていいはずがない。

ついに木乃美も黙っていられなくなったが、「すまない！」山羽から頭を下げられ、続く言葉を呑み込んだ。

潤と鈴木も驚きのあまり怒りを忘れた様子だ。

「おれの力不足だ。おまえたちの言う通り、今回の事故は誰かが責任を取って終わりなんていう、単純な問題じゃない。そもそも元口には詰め腹を切らされるべき理由すら存在しない。ただ適切に職務を遂行していただけだ。これまで上層部からのヒアリングではそのことを訴えてきたつもりだったが……」

だったが――。

上手《うま》く伝わらなかったということだろう。

元口はその日、みなとみらい分駐所に現れることはなかった。

処分決定まで当面の間、自宅待機ということになったのだった。

2

「あのあたりですね」

　坂巻は繁華街の人混みに目を凝らした。数日前の惨劇の名残《なご》りは通りの一角にそなえられた花束のみで、そこを素通りする多くの人々にとっては、事故の記憶も五輪の慌ただしさにかき消されたように見える。平日の日中だというのに、真《ま》っ直《す》ぐ前に進めないほどの人の多さだ。

「たしかに。人だかりができてるな」

　そう言って目を細めたのは捜査一課の先輩刑事である峯《みね》だった。肌艶もよく、体型もすらっとして若々しい印象のため、老け顔の坂巻とは同年代に見えるかもしれないが、実際には坂巻の父親よりも年上だ。坂巻にとっては刑事のいろはを叩き込んでくれた、師匠のような存在だった。

　二人が目指しているのは、先日のバイク暴走事故で多くの死傷者が出た現場だった。神奈川県警本部から覆面パトカーでやってきたのだが、駐車場に車を止めたときに、ちょうどこれから向かおうとしている現場付近に不審者がいるという一一〇番通報が入った。

「不審者……なんですかね」

坂巻は短い首をひねった。

人だかりはできている。だが、まるで緊張感がない。その雰囲気はたとえるならば、大道芸人を取り囲んでいるかのようだ。

手刀を切って人だかりをかき分けていくと、中には制服警官がいた。対面には背の高いスーツ姿の男がおり、その男となにやら話しているようだ。

その男が通報された不審者だろうかと思ったが、一瞬で違うとわかった。

「梶《かじ》さん……？」

スーツ姿の男がこちらを向き、あっという顔をした。

「坂巻。久しぶりじゃないか」

「梶って、あの梶か？」

峯が身体をよじりながら人だかりから抜け出してくる。

「峯さんも。ご無沙汰しています」

「驚いた。本当に梶じゃないか。スーツなんか着てどうした」

そういえば峯にはまだ話していなかった。

坂巻は言った。

「梶さんは、いまは交通捜査課なんです」

「そうだったのか。同じ本庁勤めだったとは」

「ええ。ご挨拶にもうかがえなくてすみません」

頭に手をあてて恐縮する、顔をくしゃくしゃにする笑い方が印象的なこの男の名は、梶政和《まさかず》。木乃美たちと同じみなとみらい分駐所A分隊に所属していた、元白バイ隊員だ。峯に説明したように、いまは交通捜査課に異動している。

「いや。それはかまわないんだが……不審者ってのは、梶のことだったのか?」

峯がそう言って目を瞬《しばた》かせたとき、下から声が飛んできた。

「止まれ。それ以上前に進むな」

坂巻はぎょっとして飛び退《の》き、後ろにいた野次馬にぶつかってしまう。

「後退はかまわない。ただしぜったいに前には進むな。未発見の証拠を蹴散らすか、踏み潰すかして、事故原因解明の可能性を失いたくなければ」

またも下からの声。

男が地面に這いつくばっていた。スーツを着て、髪の毛が鳥の巣のように膨らんでいる。

四つん這いのままゆっくり手足を動かして前進する様子は、さながらオオトカゲだ。オオトカゲの進路を空けるようにしながら、人だかりのかたちが変化する。

「なるほど。ホームズさんか」

峯があきれた様子で肩をすくめた。梶の異動は知らなくとも、鳥の巣頭オオトカゲ男のほうは知っているらしい。

そういうことかと、坂巻も納得した。鳥の巣頭の男は宮台健夫《みやだいたけお》。根気強い証拠集めと並外れた論理的思考能力で神奈川県警のひき逃げの検挙率を五％も押し上げた、通称『交通捜査課のホームズ』。本庁では知らぬ者のいない有名人だ。だが宮台が有名なのは、有能さゆえというより、その変人ぶりのせいではないかと、坂巻は考えている。

「その声は捜一の峯刑事」

宮台は顔を地面に向けたまま言った。

峯は顔をぽりぽりとかく。

「何年ぶりかな。元気にしてたかい」

「三年と九十二日ぶりです。もっともトイレでたまたま横並びになり、世間話をしながら用を足したのを会ったことにカウントされないのであれば、話は別ですが」

「いいや。カウントしてかまわない」

「もう一つの質問に答えていませんでしたね。私はすこぶる元気です」

「元気なのにどうして地面に這いつくばっているんだい」

「見ればわかるでしょう」

「わからないから、こんなに人だかりができているんだと思うがね」

峯は両手を広げ、周囲の人だかりを見回した。

宮台が右手、左手と順に前に出して前進する。それに合わせて、人だかりが一歩後ずさった。

「野次馬を遠ざけてくれませんか。連中は現場を踏み荒らし、貴重な証拠を隠滅してしまう可能性がある」

「そいつは難しい相談だな。これだけ人通りの多い道を、事故発生当日に二十時間封鎖しただけでも異例のことだぞ」

「足りない」

そこで初めて、宮台は顔を上げた。表情の乏しさもは虫類じみている。

立ち上がるといっきに目線が高くなり、坂巻からは見上げるかたちになった。

「二十時間ではまったく足りません。事故発生から三時間近くは事故処理業務に充てられており、交通捜査課の本格的な遺留品捜索が許されたのは日がかたむいてきてからです。投光器の光の中でも作業は可能ですが、微小な遺留品の可視性においては自然光に遠く及びません。捜査本部には本当に事故原因を究明しようという意思があるのか、甚だ疑問に思えます」

「まあ、ねえ」

それについては思うところがあるのか、峯は言葉を濁した。

「捜査一課がなぜここへ？」

梶は坂巻を見て言ったのだが、答えたのは宮台だった。

「そんなものは聞くまでもない。事故を起こしたライダーの身元が特定できないでいるからだ。身分証のたぐいをいっさい所持しておらず、遺体をもとに作成した似顔絵を公開してみたが心当たりがあるという有力な情報提供もない。これ以上なにをしていいのか途方に暮れて、なにか手がかりが見つかればと藁《わら》にもすがる思いで現場を訪れてみた」

宮台の話を聞き終えた梶が、真偽を確認するようにふたたびこちらを見る。

「そんなところです」

せめてもの余裕を見せようと笑ってみた坂巻だったが、頬が引きつって不自然な表情になった。

事故の被害と世間への影響の大きさから、捜査には交通捜査課だけでなく、捜査一課も投入されていた。交通捜査課が事故原因調査を、捜査一課はライダーの身元の特定作業を、おもに担当することになっている。

「司法解剖の結果は出ましたか」

梶の質問に「ああ」と峯が頷いた。

「どうだったんですか。アルコールや、薬物は」

峯への質問だったはずだが、またも宮台が答える。

「そんなものはない。やつは完全に素面《しらふ》だった」

「なんでわかったとですか」

当たりだ。坂巻は思わず身を乗り出した。

が、宮台に胸を突き飛ばされる。

たたらを踏んだ後で、なんとか転倒せずに持ち直した。自分になにが起こったかを理解して、かっと頭に血がのぼる。

「な、なにするとや！」

目の前に宮台の右の手の平が突き出される。

その手を叩き落とそうとしたが、宮台の右手はくるりと手首を返し、下を指差した。

坂巻もつられて下を見る。

アスファルトの地面だった。坂巻の右足は歩道に、左足は車道に載っている。このあたりの繁華街の道にはガードレールもなく、歩道が高くなっているわけでもない。そのため、歩行者はしばしば車道にはみ出しており、通行する車両の進路を阻むことになる。よほどのことがない限りは、車で進入したくない道だ。

「なんや。いったい」

「質問しただろう。ライダーが素面だとわかった、その理由を」

宮台の言葉に反応して、梶が地面に膝をついた。

「なにか見つけたのか」

地面に這いつくばるようにしながら、なにかを探すように顔を地面に近づける。

なにをやってるんだ。梶を見守る坂巻に、宮台が言う。

「いいのか」

それが自分に向けての言葉だと気づかず、反応するのに時間がかかった。

「えっ？」

「知りたいんだろう。そんなに高いところから、証拠が見えるのか」

「証拠？」

ここに証拠が？

そう思った瞬間、坂巻は地面に両膝をついていた。

四つん這いになり、顔を地面に近づけながら証拠を探す。

なにがある。宮台はここでなにを見つけた。

すると梶が、地面の一点を指差した。

「これか……！」

「どれ？」

坂巻は地面に頬がつかんばかりに、梶の指先を凝視する。

かすかに黒い汚れのようなものがあった。歩道ではなく車道側についている。

「これが……」

これが証拠？

意味がわからない。

顔を上げると、梶から興奮気味に頷かれた。

「これはスキッド痕だ……だよな、宮台」

「その通りだ。そこの丸ぽちゃ刑事は意味がわかっていないようだから、レクチャーしてやれ」

宮台が顎をしゃくる。

丸ぽちゃ刑事と言われた怒りよりも、種明かしへの興味が勝った。坂巻は梶を見た。

「スキッド痕というのは、タイヤが横滑りしたときに路面に残る痕跡のことだ。急ハンドルや急ブレーキのときに残りやすい」

「はあ」

スキッド痕がなんなのかはわかった。

だがそれがなぜ、ライダーが素面だったことにつながるのか。

「もしかして……」

なにかに気づいた様子で、峯が周囲を見回した。

「さすがは峯さん。亀の甲よりなんとやらですね」

宮台はあくまで上から目線だ。

「どういうことなんですか、峯さん」

坂巻は両手を叩きながら立ち上がる。

「暴走車両は十二人をはねているが、はねられた歩行者はいずれも歩道にいた。なのにスキッド痕が車道に残っている。そしてこの場所は……」

峯が顔を振って前後を見る。

宮台が引き継いだ。

「交差点を右折してこの道に進入したライダーは、ＪＲ横浜駅方面に向かって時速一〇〇キロ近い速度を保ちながら次々と歩行者をはね、最後はビルの壁面に激突して死亡した。この場所を通過した時点で、ライダーはまだ五人しかはねていない」

だからなんなんだ。最初はそう思ったが、すぐに気づいた。

「なのに、車道にスキッド痕？」

たしかにおかしい。はねられた歩行者はいずれも歩道にいた。なぜ車道にスキッド痕が。

宮台が言う。

「似たようなスキッド痕が少なくともあと二か所。いずれも車道に残されていた。おそらくは歩行者をはねた衝撃で、車道に飛び出してしまったのだろう」

「えっ……」

坂巻の背中を冷たいものが滑りおりる。

嘘だろ？

自分の導き出した答えを信じられない。そうであって欲しくない。

だが峯が口にした可能性も、坂巻の思い浮かべたそれと同じだった。

「ライダーは人をはねた衝撃で車道に飛び出すたびに、ハンドル操作をして歩道に戻った。つまり人をはねよう、危害を加えようという、明確な意思があった」

宮台が頷く。

「時速一〇〇キロでそれだけの細かいハンドル操作ができるのなら、意識は明瞭だったはず。だから飲酒や薬物は摂取していない」

正直なところ、坂巻にとってそんな情報は些細《ささい》なことだった。

「ってことは、これは事故じゃなくて殺人ってことですか」

声が震えてしまう。

「やっと気づいたか」

そう言って唇を曲げる宮台は、冷静そのものだった。

3

両手でトレイを持って店内を見回していると、一番奥の壁際の席に鈴木を発見した。その対面の席では、潤がこちらに身体をひねり、軽く手を上げている。

ＪＲ関内《かんない》駅近くの商店街・イセザキモールの入り口にあるファストフード店の二階イートインスペースだった。普段から客の多い店だが、いまはちょうど昼時とあって二階の座席はほぼ埋まっている。

「お待たせ」

木乃美が近づくと、潤は隣の席に置いていた荷物をどかして場所を作ってくれた。

「遅いっすよ。一番近いのになんで一番遅いんですか」

鈴木は頬杖《ほおづえ》をついてやや不機嫌そうだ。

鈴木は金沢八景《かなざわはっけい》署、潤は市が尾署の独身待機寮に住んでおり、関内までは電車だけでも三、四十分かかる。かたや木乃美は徒歩十分の距離だ。

「女子はいろいろ準備に時間がかかるの」

「へー、そうなんだ。女子は、ね。だから川崎先輩は時間がかからずに一番乗りだったんすかね」

鈴木がにやにやと潤を見る。

潤はがたんと椅子を引いた。

「帰る」

「ちょっと待ってください」

鈴木が腕をつかもうとするのを、潤は身を翻して避けた。

「当直明け非番日で寝不足のところを出てきてやったのに、なんで嫌みを言われなきゃならないんだ」

「すんません。おれが悪かったです」

「来てくれって言ったのはそっちだぞ」

「その通りです。すみませんでした」

鈴木が深々と頭を下げる。

「こんなことなら寮で水泳でも見とけばよかったっての」

「今日、決勝なんだっけ」

木乃美の質問に、潤は不愉快そうに鼻を鳴らした。

「そうだよ。女子の二〇〇メートル自由形とか、男子の二〇〇メートルバタフライ、あとは女子の二〇〇メートル個人メドレーとかが決勝だった」

「意外だね。潤、スポーツ観戦とかあんまり興味なさそうだけど」

「そんなに興味あるわけじゃないけどさ、なんか盛り上がってるし、テレビ点《つ》けてるとなんとなく観ちゃうよな」

「それはわかる」

「なんだかんだ言って自分の国でのオリンピックなんて、一生に何度もあるわけじゃないだろうし」

「でもその程度の認識なら、見逃してもたいして痛くないですよね」

余計なことを口走る鈴木に「ああ？」とすごんではみたものの、本気で帰るつもりはなかったらしく、舌打ちしながら椅子に腰を下ろした。

「本田先輩は、チキンサンドにしたんですか」

鈴木が木乃美のトレイに載っているチキンフィレサンドを見る。雰囲気を和らげようと話題を変えるつもりらしい。

「うん。チキンだけのやつも美味しいけど、手が汚れちゃうのもやだなあって」

「なるほど。女子って感じっすね」

「鈴木くんは？」

「おれは普通にチキンのセットです」

鈴木のトレイには、チキン2ピースとポテト、ドリンクが載っていた。

「潤は？」

「私もチキンのセット。女だけど手が汚れるのは気にしてない」

まだ怒っている。鈴木の笑顔の頰が強張《こわば》った。

潤は鈴木に向けて鬱陶しそうに手を払うしぐさをした。

「で。なんだよ、話って」

鈴木はトレイを脇に移動させ、テーブルの上で手を重ねた。

あらたまった調子で言う。

「なんか、納得いかなくないですか」

「なにが」

潤はそう言ったものの、鈴木の意図は理解しているようだった。

木乃美にもわかった。

「元口さんのこと？」

鈴木が頷く。

「そうです。元口さんは悪くない」

「あらためて言わなくたって、そんなのはわかってる」

潤は両手で持ったチキンにかぶりついた後、紙ナプキンで指の油を拭う。

「木乃美も食べなよ。冷めちゃうから」

「うん」

木乃美はチキンフィレサンドにかぶりつく。

「おれたち全員、元口さんの追跡の様子を後ろから見てました。元口さんに非はなかった。自宅待機なんておかしい。それを素直に受け入れちゃう班長にも、正直ちょっと失望しました。もうちょっとホネのある人だと思ってたけど、買いかぶりだったのかもしれません。なんだかんだ言っても、いざというときには部下を犠牲にして保身を図るような人だったんだなって」

潤は鈴木の演説など聞こえていないかのように、むしゃむしゃとチキンを食べ続ける。

「聞いてますか」鈴木は不満そうに潤と木乃美を見た。

「聞いてる」と答えたのは木乃美だけだった。潤は一つ目のチキンを平らげ、二つ目のチキンに手をのばしている。

「なに無視してんすか」

ようやく潤が顔を上げた。

と思いきや、木乃美のほうを見る。

「それ、一口くれない？」

「う、うん」

「手が油まみれだから、食べさせてくれないかな」

潤があーんと開いた口に、木乃美はチキンフィレサンドを近づけた。

「美味《うま》い。フライドチキンって、たまに無性に食べたくなるよね。私のもひと口いる？」

「おい。シカトすんな――」

声を荒らげる鈴木を、「うるっさいな」と潤が遮る。

「貴重な非番日に私たちを呼び出した理由がそれか。クソくだらない愚痴をダラダラダラダラと。私も木乃美もそんなのに付き合ってるほど暇じゃない。さっさとメシ食って帰らせてもらうから。なあ、木乃美」

「う……」

うん、と素直に頷けない。鈴木の気持ちもわからないではないから。

「川崎先輩は納得してるんですか。元口さんが理不尽な理由で自宅待機させられているっていうのに、自分には関係ないっていうんですか」

「そんなわけないだろ」

「じゃあなんで――」

「意味がないからだよ。こんなところでくっちゃべってても」

潤は吐き捨てるように言い、続ける。

「なんなんだよ。あんたになにがわかるって言うんだ。まるで班長が元口さんを見捨てたみたいな言い方しやがって」

「違うんですか」

「違うに決まってるだろ。班長はギリギリまで戦ってくれた」

「どうしてそう言い切れるんですか」

「班長のことを知ってるからだ」

憤然と言い放ち、潤が木乃美を見る。

わかるよな。木乃美ならわかってくれるよな。そう言いたげな視線だった。

木乃美は頷く。

「私もそう思う。かりに上からそういう指示が出たとしても、班長が素直に受け入れたとは、とても思えない。元口さんを守ろうと、ギリギリまで戦ってくれた。ぜったいそう」

「だけど最後は従ったわけですよね」

鈴木が言葉に嫌悪を滲《にじ》ませる。

「バカじゃないの。前からバカだと思ってたけど、想像を超えるバカだな」

潤が自分の側頭部をこんこんと指差す。

「なんでそうなるんすか」

「私たちは組織の人間だ。意見を述べて抗《あらが》うことはできても、決定には従わなきゃならない。それともあれか。元口さんを職場復帰させないと辞職するとか、班長にそこまでして欲しかったわけか」

「そうですね。それが男気ってやつじゃないですか」

そう言って胸を張る鈴木に、潤がため息を浴びせる。

「なにが男気だ。そんな言葉を使うのは、せめて女より仕事ができるようになってからにしろよ。だいたい、職を懸けてなにかをやるなんてアホらしいにもほどがある。仕事を辞めたところで元いた職場の体質はなにも変わらないし、面倒なことを放り出して逃げてるだけじゃないか。そんなのは自分に酔ってる、ただの無責任野郎のすることだ」

鈴木が不服そうに唇を曲げる。

「黙って指を咥《くわ》えてろってことですか。元口さんはどうなるんですか」

「処分が決定するまでの間にも、班長は上に働きかけを続けてくれる」

潤が歯を剝いてポテトをかじる。

「班長だけに任せていいんですか」

「いい加減にしろよ。班長は班長なりにできることをやってんだ。それが信頼できないっていうんなら——」

「違います」と鈴木は遮って言った。

「そういう意味じゃありません。班長のことを悪く言ったのは謝ります。川崎先輩と本田先輩の話を聞いて、その通りだと思いました。きっと班長はギリギリまで元口さんを守ろうと動いてくれた。でもそれを言い訳に使おうとはしない人です。そこを汲《く》み取れないおれが浅はかでした。まだ処分が決定したわけじゃない。班長は今後も元口さんのために動いてくれるでしょう。その点に疑いはありません。その上で、おれたちにもできることがあるんじゃないかってことを言いたいんです」

「私たちにもできること……？」

木乃美は呟いた。

「そうです。元口さんを守るために、おれたちにもできること」

鈴木の提案に、潤は初めて興味を抱いたようだ。

「たとえば？」と続きを促す。

「事故は元口さんの追跡が原因だったわけではないという、証明をするんです。おれたちでその証拠を探すんです」

ふむ、と潤が腕組みをする。

「どうやって？」

木乃美は訊いた。

「それを相談しようと思って、今日はお二人に集まっていただきました」

「なんだ。策なしか。なにをするにも勢いだけなんだな」

潤に鼻で笑われても、もう鈴木は反発しなかった。

「いろいろ考えはしたんです。でもなんも浮かばなくて」

「どう思う。木乃美」

潤が横目を向けてきた。

「うん……私たちにできることがあるなら、やりたい」

「私もだ」

鈴木の表情がぱっと明るくなる。

「でもどうやる」

潤は言ったが、なかなか意見は出てこない。

しばらく続いた沈黙を破ったのは、鈴木だった。

「おれたちで本部に乗り込んで幹部連中に直訴する、とか？」

「そんなことしてなんの意味がある。泣き落としが通用するとでも思ってんのか」

潤に一蹴され、少し拗《す》ねたように唇をすぼめた。

「わかってますよ。誰もしゃべらなくて気まずいから、思いつきを口にしただけです」

「思いつきにしても、もうちょっとマシな思いつきはないもんかね」

鈴木が木乃美を見た。

「本田先輩はどうですか。なにか良いアイデア、ありませんか」

木乃美はしばらく考えてから、口を開く。

「私たちは元口さんの追跡を後ろから見ているから、元口さんが原因で事故が起こったわけじゃないってことはわかってる。でも私たちがそれを言っても身びいきだとしか思われない。やっぱり、利害関係のない第三者に証言してもらうのが一番じゃないかな」

「だよな。でも、そんなことを証言できる一般市民なんているか？　逃走車両と白バイの車間距離がどれだけ開いていたかなんて、普通は意識しない」

「そうだよね」

それなら別の方法を考えないと。

だがそう簡単に良いアイデアは浮かばない。三人とも黙り込んでしまった。

「あのＣＢ４００のライダーは、なんであんなことしたんだろう」

鈴木が首をひねる。

「それがわかりゃ苦労しない。飲酒も薬物も反応なし。発作が起きるような既往症も、おそらくはないだろうってことなのに」

潤は唇を曲げた。

司法解剖の結果は、すでに梶から報告が届いている。

「やっぱり、ライダーの身元を特定するのが一番の近道な気がする」

木乃美の意見に、潤も賛同した。

「そうだよな。既往症なしというのもおそらくは、ってことだし、個人が特定できたら、司法解剖じゃわからないような病気が判明するかもしれない」

「おれも同じこと思いました。たとえば精神疾患なんかだったら、司法解剖じゃわからないですもんね」

　鈴木がポテトを指示棒のように振る。

「でも、どうしてライダーの身元がわからないんだろう」

　木乃美は紙ナプキンで口もとを拭いながら言った。

「不思議だよな。あんだけ大きな事故を起こして、似顔絵とはいえライダーの人相も公開されているのに、知り合いが誰も名乗り出ない」

　潤が肩をすくめる。

「友達が少ない、孤独な人間だったんですかね」

　鈴木の発言を聞いて、木乃美はなんだかいたたまれない気持ちになった。ライダーは話し相手がいなかったのだろうか。だから多くの人を巻き込んで、自らの命を絶つような真似《まね》を。

　いや——木乃美は思い直した。

「違う。ライダーは孤独じゃなかった」

「どうしてそう思うんだ」

　潤が首をかしげる。

「ナンバー。CB400のナンバーは偽造されていた。わざわざ偽造ナンバーを作っているってことは、なんらかの組織的な犯罪にかかわっている可能性が高いって、元暴走族のマスターが言ってた」

「元ゾクのマスターって、木乃美がよく行くあの店のか」

「そう」

潤には話していた。今度一緒に行こうと言っているのに、いまだに実現できていない。

「なるほど」鈴木が仰々しく頷く。

「一理ありますね。孤独な人間が自棄《やけ》になって事故を起こすのなら、偽造ナンバーまでつける必要はない。ライダーは身元を特定させないようにしていたし、身元を特定されてはまずい事情があった」

「しっかし、かりに犯罪にかかわっていたとして、友人知人からの通報はないにしても、家族はいないのかな。公開された似顔絵はかなり特徴を捉えているから、家族が見たらすぐにわかりそうなものなのに」

潤が腑に落ちないという表情で虚空を見上げる。

「犯罪にかかわってるぐらいだから、家族とも疎遠になっていたりするんじゃないですか」

鈴木が言った。

「それか、このへんの人間じゃないのかも。事故のニュースは大きく報じられているから、似顔絵を目にした人は多いだろうけど、すごく遠くに住んでいるなら——たとえば北海道とか九州とか、それぐらい離れたところに住んでいるのなら、似顔絵を見ても似てるなと感じるぐらいで、本人とは気づかないかもしれない」

木乃美の意見に、潤が頷く。

「だとすれば、ライダーは横浜近辺の人間じゃない」

そのとき、ふと木乃美の脳裏に閃《ひらめ》きがよぎった。

「どうした。木乃美」

「どうしました？」

潤と鈴木が互いの顔を見合わせる。

木乃美は二人の顔を見ながら言った。

「北海道とか九州より、もっと遠いのかもしれない」

「あっ……」鈴木が声を上げる。「外国人ってことですか」

「なるほど」と今度は潤が頷く。

「最近来日したような外国人なら、似顔絵を見て通報してくる友人知人がいないのも当然だ」

「わからないよ。ただの思いつきだし、もしかしたらそういう可能性もあるんじゃないかってだけで……」

反応が予想以上だったので、急に自信がなくなってきた。

「検討してみる価値はあるのかもしれない」

潤が口にこぶしをあてる。

鈴木は大乗り気だ。

「検討してみる価値、どころじゃないですよ。いまはオリンピック期間中です。ただでさえ外国人比率の高いこの街に、さらに多くの外国人がやってきている。その中にヤバいやつが交じっていたとしても、おかしくありません。本田先輩の推理、かなり核心を突いていると思います」

「そ、そうかな」

「そうですよ。外国人という可能性に言及されないということは、ライダーは外見では見分けのつきにくい中国人か韓国人の可能性が高い。もしかしてチャイニーズマフィアやコリアンマフィアの一員なのかも……そうだ、ライダーがなんらかの不法行為に手を染めているマフィアの一員だったとしたら、あれだけ無茶して警察から逃げようと必死になるのも理解できます。できますよね、川崎先輩」

「まあ……そうかな」

かなり温度差はあるようだが、珍しく鈴木と潤の意見が一致した。

「よし。急ぎましょう」

鈴木はポテトを口に詰め込み始めた。

「急ぐって、なにするつもりだ」

潤が訊いた。

鈴木がストローでドリンクを吸い上げ、口の中のものを胃に流し込む。そしてこぶしで胸をとんとんと叩きながら言う。

「決まってるじゃないですか。ここからなら中華街もコリアタウンも近い。聞き込みに行くんです」

「おいおい。本気か」

潤は後輩の猪突猛進《ちょとつもうしん》ぶりにややあきれた様子だ。

「ふぉんひにひまっ……」

本気に決まってる。そう言おうとしたのだろうが、ぶほっ、と口の中のものを吹き出しそうになる。

「汚いな。口の中にもの入れたまましゃべるのやめろよ」

潤が嫌そうに手を払い、こちらを向いた。

「どうする、木乃美」

「おふたひはほなふてもほふはへれほ……」

お二人が来なくても僕だけも行きます――鈴木はおそらくそんなことを言おうとしていたのだろうが、言い終える前に吹き出した。

4

木乃美と潤と鈴木は福富町《ふくとみちょう》にやってきた。関内駅から徒歩五分ほどの場所にある、横浜市一のコリアタウンだ。狭い車道の両脇に建ち並んだ古いビルから、歩道にひさしがせり出している。どこからか聞こえてくるテレビの音声は、潤が見逃したという水泳競技の実況だろうか。なにかの種目で日本選手がメダルを獲得したようだ。

君が代がうっすらと聞こえる。

「夜とはだいぶ雰囲気が違いますね」

ビルから突き出した派手な色使いの看板を、鈴木が物珍しげに見上げる。

「夜の雰囲気をよく知ってるような口ぶりじゃん」

潤に意味深な笑みを向けられ、慌てて否定した。

「ち、違います。友達と焼き肉を食いにきたことがあるだけです」

「なにが違うんだよ」

「え。な、なにも……」

顔を赤くしながらしどろもどろになった。

「やだねぇ。男ってのは。どいつもこいつも」

潤に含み笑いを向けられ、木乃美は苦笑した。

このあたりはコリアタウンであり、風俗店やショーパブが密集した歓楽街でもある。そのため街が本格的に活気づくのは、日が落ちてからだ。飲食店などはちらほら営業しているものの、まだシャッターをおろしている店のほうが多い。

「さて、と。どこから聞き込みをする？」

潤が揉み手をする。

「あそこ入ったらいいんじゃない」

木乃美が指差した先には『無料案内所』の看板が出ていた。

「なな、なに言ってるんですか。本田先輩」

「なんで?」

鈴木はなにをそんなに驚いているのだろう。

「無料案内所っていうのは、観光案内をしてくれるようなところじゃないんですよ」

「わかってるよ。風俗のお店を紹介してくれるところでしょう」

「へ?」

鈴木が固まった。

「ライダーが組織的な犯罪にかかわっていたのなら、裏社会とつながりがあった可能性が高い。風俗店はだいたいケツ持ちとしてバックに反社会的組織がいるから、無料案内所にはそのあたりの情報も集まるかなと思ったんだけど」

「はあ……た、たしかに」

潤がぷっと噴き出した。

「鈴木。あんたさ、木乃美のこと侮り過ぎじゃないか。ちょっと天然なところあるし、いつもニコニコしてほんわかした雰囲気だからって、なにも知らない世間知らずのお嬢さまだとでも思ってるのかよ。最初はそうだったかもしれないけど、あんたよりも、そして私よりも長いこと警察官やってんだ。社会の裏側や闇だって、それなりに覗いてきてる。

「まあね。たしかに警察に入るまでは、街で見かける無料案内所を、観光客に道案内してくれるようなところだと思ってたけど。部長からいろいろ話を聞くうちに詳しくなっちゃった」

「坂巻さんか。あの人の風俗通いは有名だからなあ」

　潤が乾いた笑いを漏らす。

「ここでばったり会ったりして」

　木乃美の言葉に「ありえる」と潤が肩を揺すった、そのときだった。

　無料案内所から、まさしくその話題の人物が出てきたのだ。

　見間違いかと思ったが、そうではない。あのヒヨコのような頭髪、突き出た腹。たしかに坂巻だ。ひと仕事終えたという感じで、両手でベルトをずり上げながら、首を回している。

「信じらんない！　最っ低！」

　木乃美は思わず声を上げた。

　坂巻がこちらに顔を向ける。

「おお、おまえら。お揃《そろ》いでどうした」

同僚と鉢合わせして悪びれる様子もない。笑顔で手を上げ、歩み寄ってくる。

「部長こそ、こんなところでなにやってるの」

「おれか。おれは仕事だ」

「仕事って？」

どんな仕事だよ。

「仕事は仕事たい。おれたち同僚やないか」

坂巻は困惑しているようだ。

木乃美はきょとんとなった。潤と鈴木は互いの顔を見合っている。

その反応で、誤解されていることに気づいたようだ。坂巻が顔の前で手を振る。

「おいおい。勘弁してくれ。そんなわけないやろう」

「ですよね」

鈴木が安心したように笑顔になる。

「おれは曙町《あけぼのちょう》にある『エルエルジャポン』のユキナちゃん一択やけんな。浮気はしない」

そういうことか。しかし『エルエルジャポン』って、元ネタになったファッション誌から訴えられないんだろうか。

「仕事って、なにやってるの」

「おまえらこそなにやっとる。二十代の健全な若人《わこうど》三人が、昼間っから遊ぶような街じゃなかろうが」

質問に質問で返された。

「若人って……」

本当にこの男は四つしか年上じゃないのだろうか。坂巻の古臭い言語センスに首をひねりながら、木乃美は答えた。

「私たちは聞き込みに来たの」

「聞き込み？」

坂巻が不審げに眉根を寄せる。

三人はファストフード店での会話を再現しつつ、暴走車両のライダーが外国人であるという推理を披露した。坂巻はときおり顎を触りながら、ふむふむと話を聞いていた。

「まったく、なにを余計なことをやっとるとか。おまえらは交機やろうが。また刑事の真似事して捜査をかき回す気か」

話を聞き終えた坂巻が、最初に発した台詞《せりふ》がそれだった。

「でも元口さんが生け贄《いにえ》にされそうだっていうときに、じっとしてられないんです。力になりたいんです」

鈴木が唾を飛ばさんばかりに力説する。

「やめてくれ。この暑い時期にそんな暑苦しいこと言うてからに。余計暑くなるやないか」

坂巻の頭はゆでだこのように赤くなっており、しきりに顔をハンカチで拭っていた。

「でもですね――」

「ああ。うるさいうるさい。暑いけんあんま近寄るな」

手を振って鈴木を遠ざけ、坂巻は言う。

「おまえら捜査の素人が思いつくようなことに、おれら捜査のプロの考えが及ばんて思うとるとか」

「じゃあ、部長も？」

「当たり前やろうが。あれだけ大きなニュースになったわりに、ライダーの似顔絵に寄せられる情報が少なすぎる。このあたりには不法滞在者から産まれた、無戸籍の人間なんかもおるけんな」

峯は中華街、坂巻は福富町と、分担して聞き込みを行うことにしたらしい。

坂巻は渋い顔のまま続けた。

「でもまあ、素人にしてはようそこまで考えたわ。感心した」

「でしょう?」

誇らしげな木乃美に、「調子に乗るな」と軽く手を振る。

「元口さんを心配するおまえらの気持ちはわからんでもない。これからこの街を仕切っとるっつう人物に会いに行くが、ついてくるか」

「いいの?」

木乃美は訊いた。潤と鈴木も嬉しそうに顔を見合っている。

「かまわん。ただまあ、四人もぞろぞろ連れ立って行ったら警戒されるけん、二人は店の外で待っとけ」

「店?」

首をかしげる木乃美を置いて、坂巻はさっさと歩き出した。

五分ほど歩いて着いたのは、焼き肉店だった。元は何色だったかわからないほどくすんだテント屋根に白抜き文字で『ホルモン』『焼肉』という文字が読み取れる。

店の名前はどこに表示されているのかわからない。

サッシの引き戸の上半分は磨《す》りガラスになっているが、暗い。とても営業しているようには見えない。だが引き戸の脇には『営業中』のプレートが提げられていた。

ここに至る道中での話し合いの結果、坂巻の聞き込みには木乃美が同行することになっていた。坂巻いわく、木乃美の容姿やたたずまいは相手を安心させるらしい。最初は聞き込みに同行したがった潤と鈴木だったが、坂巻の説明にはおおいに納得したらしかった。

潤と鈴木を店の前に残し、坂巻と木乃美は出入り口に近づいた。

坂巻が引き戸に手をかけ、開けようとする。

が、開かない。引き戸全体が上下した。

「あれ。閉まっとるとかな」

違ったようだ。何度か試みるうちに、扉が一〇センチほど開いた。ところがそこから先が開かない。

「あれ……おっかしいな」

すると中から声がした。

「横じゃなくて上に力を入れて。持ち上げるようにするんだ」

振り返った坂巻の顔には、中から開けてはくれないのかという不満が表れていた。

「横じゃなくて上……」

坂巻が与えられた指示を繰り返しながら力をこめる。

先ほどまでの抵抗が嘘のように、ガラガラと音を立てて引き戸が開いた。

外から見た印象通り、店内は薄暗い。客用のテーブルが八台ほど置かれているが、大きさはまちまちで並べ方にも規則性が感じられない。煤《すす》けた壁にはマーカーで手書きされたメニューの短冊が並んでいた。

「ごめんください」

坂巻に続いて店に足を踏み入れる。

無人だった。先ほど店内から聞こえてきた声は、誰のものだったのだろう。

そう思った瞬間、すぐそばの席に座る老人に気づき、木乃美は悲鳴を上げた。

「どうしました!?」

「大丈夫か！　木乃美！」

鈴木と潤が飛び込んでくる。

「ずいぶんと大勢で来たもんだね」

老人が口を開き、鈴木と潤も飛び上がる。身を隠しているわけではないのに、あまりに周囲に溶け込んでいるせいで、壁の染みの一部のように認識してしまうのだ。

「おたくが朴婆《パクばあ》さんか」

坂巻の言葉にも軽い衝撃を覚えた。婆さんということは、女性なのだろう。この街を仕切っている人物というから、勝手に男性だと思い込んでいた。しかも声を聞いても、姿を見ても、男性という認識は変わらなかったのに。

朴婆さんは短髪で浅黒い肌をした、小柄な老人だった。陰気な感じの上目遣いで闖入者《ちんにゅうしゃ》たちを観察している。

「神奈川県警だってな」すでに連絡は来ていたらしい。

「ちょっと話を聞かせてもらえんかね」

坂巻が開いた警察手帳を一瞥《いちべつ》し、朴婆さんはほかの三人を見た。

「あんたらは？」

「交通機動隊の川崎です」

「同じく本田」

「鈴木」

「無料相談所のほうから連絡が来ているんならすでに知ってるかもしれんですけど、五日前に横浜駅の近くでバイクの暴走事故のあったのをご存じ――」

「関係ないよ」

朴婆さんの目つきが急に鋭くなった。

「そのバイク乗りはうちの者じゃない。この街に住んでる同胞なら産まれたばかりの赤ん坊の顔と名前だって頭に入ってるけど、公開された似顔絵に見覚えはない。同胞だとしても、この街の者じゃない」

「最近来日したか、あるいは他所《よそ》からやってきた流れ者の可能性は？」

「そんなもの知るかい」

坂巻の質問に肩をすくめ、朴婆さんは懐からハイライトのパッケージを取り出した。震える手で煙草《たばこ》に火を点け、美味そうに煙を吐き出す。

「この街にいるのは韓国人だけじゃない。社会からはじき出されて、息を潜めるように生活しているようなやつだっている。日本人でも、それ以外でもな。そんなやつを見かけたからって、いちいち詮索したりはしないよ。だけど少なくとも暴走したバイク乗りは、この街の韓国人じゃない。心当たりもない」

煙草をひと吸いした後、口を開け閉めしてぱっ、ぱっ、ぱっ、と唇を鳴らした。

テーブルの上にあったアルミ製の灰皿に灰を落としながら言う。

「そこのお嬢ちゃん」

「わ、私……？」

木乃美は自分を指差した。

「いいや。あんたじゃない。髪が短くて背が高いほうのお嬢ちゃんだ」

「ん？」潤が目をぱちくりとさせた。

「そう。あんただ。あんた、ろくに田舎《いなか》に帰ってないだろ」

潤の息を呑む気配があった。

朴婆さんは煙草を咥え、わずかに開いた唇の隙間から言葉を吐き出す。

「たまには帰ってやりな。お父《アボジ》さんはいつだって、あんたのことを心配してるんだから」

たしかに、潤は父親との関係が上手くいっていなかった。白バイ隊員を目指すのを反対されたためだ。いちおう和解はしたようだが、気持ちを素直に表現するのが苦手な潤の性格もあり、頻繁に連絡を取り合ったりはしていないようだ。

「ど、どうしてわかったんですか」

木乃美は前のめりになった。

「わかるさ。人生は顔に出る」

「私は？　私の顔にはどんな人生が出てます？」

「占いの館じゃないとやぞ」

坂巻があきれたように言う。

朴婆さんの目尻の皺が深くなった。笑ったのかもしれない。

「あんた……ここ一年以内に大きな挫折を味わったね」

木乃美は思わず両手で口を覆った。

朴婆さんがふたたび目尻の皺を深くする。

「当たりだね」

「はい。すごい……」

木乃美はずっと箱根駅伝の先導役を目標にしてきた。

箱根駅伝の先導役には、全国白バイ安全運転競技大会に出場し、好成績を収めた隊員が任命されるという慣例がある。一昨年の潤がそうだったし、十数年前には、山羽も同じステップを踏んで箱根駅伝の先導役をつとめた経緯があった。

全国大会に出場するにはまず中隊内での選考会を勝ち抜き、県警代表に選出される必要がある。何度も跳ね返されてきたその関門を木乃美は昨年、ついに破った。中隊の大会女子の部で優勝したのだ。

ところが――だ。

木乃美が神奈川県警代表として全国大会に出場することはなかった。サミットや改元などの国家的イベントが重なったため、大会自体が中止になったのだ。その結果、中隊内での競技会のタイムだけを参考に選考がなされ、男性隊員ばかりが箱根駅伝の先導役をつとめることになったのだった。

ようやく夢をつかみかけたと喜んだだけに、落胆は大きかった。以来、A分隊内では箱根駅伝の話はタブーのようになっている。木乃美は気にしないように振る舞っているつもりだが、潤いわく「余計に痛々しいから気を遣っちゃう」らしい。

「で、今後はどうなるんですか。挫折を克服できるんでしょうか。私、箱根——」

つい固有名詞を口走りそうになり、慌てて口を手で覆う。

「克服するのは自分さ。挫折を糧にできるかは、これからのあんた次第だよ」

その部分だけは、こころなしかやわらかい口調だった。

「ありがとうございます」

「頑張りな」

そこまで言って、坂巻のほうを向いたときには、厳しい声音に戻っていた。

「だいたいしつこいよ。あたしらは、日本人よりよほど家族の絆《きずな》を大事にする。この街の男が事故を起こしたとすれば、家族が名乗り出ないなんてありえないんだ」

「ライダーがこの街の男だと疑っとるわけじゃないとですが」

坂巻は困惑顔でポリポリと頬をかく。

「疑ってるだろうよ。でなきゃ何度も訪ねてきたりしない」

四人は、互いの顔を見合った。

「何度も？」

坂巻が確認する。

「何日か前にも来たじゃないか。うちの街の人間は関係ないってきっぱり言ったのに、しつこいんだ」

「ここに来たのは初めてやけど」

きょとんとする坂巻に、朴婆さんが鼻に皺を寄せて梅干しみたいな顔になる。

「あんたじゃない。ほかのやつだ。寄越しただろう」

「いや……」

「とぼけるな」

坂巻がどういうことだ、という顔で木乃美を見る。だが木乃美に答えがわかるはずもない。

朴婆さんに訊いた。

「その人は、警察だと名乗ってたんですか」

「ああ。自分は刑事だと言ってた。手帳も持ってた」

坂巻を見る。ぶるぶると顔を横に振るしぐさが返ってきた。

今度は坂巻が訊いた。

「そいつはどんなやつでしたか。身長とか服装とか」

朴婆さんがしばらく考えるような間を置いて、口を開く。

「見た目はあんたと正反対な感じだ」

「そんなにブサイクだったとですか」

坂巻は大真面目な顔で言った。

「なにをとぼけたことを言ってる。逆だろ。背が高くてすらっとしていて、髪もふさふさだった。俳優やモデルといっても通用しそうな男前だったけど、冷たい感じの男だったね。物腰はやわらかいし受け答えも如才ないけど、すべてに心がこもっていない。あれは危ない。目的のためには平気で他人を利用する男だ。その点でも、あんたとは正反対だ。だから、見た目も中身も正反対だね」

喜んでいいものかどうか、坂巻は複雑そうな表情だ。

「そいつには、なにを話したとですか」

「同じことだよ。ライダーはこの街の同胞じゃない。かりに同胞だとしても、よそ者だってね」

「で、そいつはなんと？」

「このあたりに空き家はあるか、って訊いてきた。よそ者が棲《す》みつきそうな家があるかもしれないって考えたんじゃないか」

「それで、なんと答えたんですか」

「あたしは不動産屋じゃないって言ったよ。この街の人間の顔は知ってるけど、家が空き家かどうかまでは知らない。そういうの知りたかったら不動産屋に訊けってな。まあ、不動産屋がそこまでの情報を把握しているのかは知らないがね」

朴婆さんはかすかに顔全体の皺を深くした。

5

店を出てすぐに、坂巻は峯に電話をかけた。

「え。本当ですか？」

捜査になにか進展があったのだろうか。スマートフォンを顔にあてながら、坂巻が木乃美たちに目配《めくば》せする。

「はい。はい。わかりました」

スマートフォンを懐にしまいながら言った。

「朴婆さんのところに来た偽刑事。中華街のほうにも現れているらしい」

「マジですか」

そういう鈴木の隣で、潤も真剣な顔つきになった。

「警察以外にも、ライダーの身元を探ろうと嗅ぎ回っとるやつがおる。何者や」

坂巻が鼻に皺を寄せ、首をひねる。

「本当に偽警官なの？　ほかの部署の人が聞き込みしてるだけって可能性は？」

木乃美の質問には、ううんと唸《うな》り声が返ってきた。

「今回は交通捜査課も捜査に乗り出しとるから、可能性がないとは言わんが、昨日、宮台さんや梶さんと話したときには、そんなこと少しも言うとらんかった。あの婆さん、何日か前に、って言っとったろう。だから少なくとも、宮台さんや梶さんではない」

「なんか気味が悪いっすね。ライダーはやっぱり、なにかしらの組織的な犯罪にかかわっていたんですよ、きっと」

鈴木はこぶしを口にあて、頷いた。

「これからどうするんですか」

潤の質問に、坂巻が唇を歪める。

「ひとまず峯さんと合流する。おまえたちはどうする」

「どうしますか」

質問はしているが、坂巻に同行するのには気乗りしていない。そんな心境がうかがえるような、鈴木の口調だった。ファストフード店での意気込みはどこへやら、朴婆さんへの聞き込みを経て、ずいぶん冷静になったようだ。

「どうする。木乃美。今日はもう帰ろうか」

潤も鈴木につられたようにトーンダウンしている。

が、木乃美は別のことに気を取られていた。

「おい、木乃美。どうした」

目の前で潤に手を振られ、ようやく我に返った。

「ああ。ごめん」

「どうしたとや。ボーッとしてからに。寝不足か」

坂巻の声は笑いを含んでいる。

「いや。そうじゃなくて……」

「なに。どうしたの」

潤が言う。

「え、と……」どう言えばいいのか。「みんな、動かないでね。あそこの角あるじゃない。私から見て左斜め前の方向にあたる、電柱のあるところ」

「ああ。あっちですね」と鈴木が顔を向けようとするので「動かないで」と小声で注意した。びくっ、と身を震わせた鈴木が、こちらに視線を戻す。

「どうした、本田」

坂巻が真剣な顔つきになる。

「あの角のところに、人がいた。こっちを見てる」

たぶん、いまも。さっと身を隠す人影が見えたのだ。

「どういうことですか」

鈴木は声を落とした。

「わかんない。でも、朴婆さんが話していた男と、特徴が一致するような気がした」

「坂巻さんと正反対の見た目ってこと?」

潤が上目遣いで訊ねる。

「とんでもないブサイクってことか」

この期に及んで軽口を叩く坂巻は無視した。

「背が高くてすらっとしていて、髪もふさふさ。俳優やモデルといっても通用しそうな男前」

「本当ですか」

鈴木が小声で顔を寄せてくる。

木乃美は頷いた。

「朴婆さんのところに訪ねた偽刑事本人かはわからないけど、特徴は一致してた」

「まだそこに？」

坂巻が電柱のほうに黒目だけを動かす。

「わかんないけど、私たちの行動を監視しているのなら、いると思う」

「監視」と鈴木が木乃美の言葉を繰り返す。「なんのためにそんなことを？」

「同じものを捜しとるっちゅうことやないか」

坂巻が電柱のほうの様子をうかがう。

しばらくしてから「よし。わかった」と頷いた。

「おまえたちはこのままここにいろ」

低い声で告げ、二つのこぶしを突き上げてのびをする。

「収穫はなしか。それじゃおれはいったん署に帰るけど、おまえらはまだここらで聞き込みを続けるっちゅうことやな」

「え。別におれたちはなにも――」

とぼけたことを口走る鈴木を、「黙れ」と潤が小声でたしなめる。

鈴木がそうか、という顔をした。坂巻の意図に気づいたらしい。

「それじゃ、またな。お疲れ」

手を振って立ち去る坂巻に、「お疲れさまです」「お疲れ。部長」と残りの三人が調子を合わせた。

坂巻の後ろ姿が遠ざかり、角を曲がって見えなくなった。曲がった方角は、駅とは逆のほうだ。

「ぐるっとまわって、偽刑事に背後から近づくってことですよね」

鈴木がほとんど唇を動かさずにボソボソとしゃべる。

「うん」はっきりと意思確認したわけではないが、そういうことだろう。

「どう、木乃美。やつはまだそこにいる？」

潤はさりげなく首をまわしながら訊いた。

「わかんない。いなかったら部長がそこの角から出てくるはずだから、それまで待ってみようよ」

三人が立ち話をするふりをして三分ほどが経過した、そのときだった。

「おい、こらっ！　やめんかっ！」

坂巻の声がして、三人は走り出した。

電柱のある角を曲がる。

坂巻がいた。宙に浮き、脚をじたばたと動かしている。

先ほど木乃美が見かけた背の高い男が、坂巻の首に、背後から腕を巻きつけていた。坂巻の顔が赤を通り越してどす黒くなっている。

木乃美は自分の口を手で覆った。

「え？　え？　え？」

鈴木はひたすら混乱している。

そんな中で真っ先に行動したのは潤だった。

「やめろっ！」

そう叫んで坂巻に駆け寄り、地面を蹴ってジャンプした。

地面にたいして水平に、足先を坂巻に向けて飛んでいく。いわゆるドロップキックだ。

だが背の高い男はとっさに坂巻を解放し、横に避けた。

潤のキックは坂巻の腹に命中し、二人でもつれ合うように地面を転げる。

「いったぁ……」

地面に座り込んで腹を押さえる坂巻を尻目に、潤がふたたび男に殴りかかる。

ところが、男はひらりとパンチを避け、左手で潤の右手首をつかんでひねり上げた。

「いっ……」

痛みに顔を歪める潤だったが、手首をつかまれたまま今度は左脚で膝蹴りを見舞う。

しかしこれも防がれた。男が右手で潤の左脚を抱え込む。

右手首と左脚を拘束された潤は、身動きが取れなくなった。そのままの姿勢で抱え上げられ、放り投げられる。

「危ないっ！」

木乃美はとっさに飛び出し、潤の身体を受け止めた。しかし潤の体重を支えることができずに、倒れ込んでしまう。

「痛っ……」

したたかに背中を打ち、息が止まった。

潤も転倒の際にどこかを打ったようだ、肩のあたりを押さえながらのたうち回っている。

痛みに細めた木乃美の視界の中で、男は悠然と立っていた。肩のあたりを手で払うしぐさは、ついいましがた二人を相手に大立ち回りを演じたとは思えない優雅さだ。

男の向こうには、鈴木がいる。及び腰のお手本のような姿勢で、おろおろと視線を泳がせていた。

「ケ、ケーサツ！」

鈴木が思い出しようにスマートフォンを取り出す。

「あんたも……！」

潤が非難するような目で鈴木を睨んだ。あんたも警察官だろう、とでも言いたかったのだろう。

男は素早く動き、叩き落とすような動きで鈴木のスマートフォンを取り上げた。

「あっ！」

戦闘意欲はゼロらしい。鈴木はスマートフォンを取り返そうともせずに、切なげな顔で男の手の中にあるスマートフォンを見つめるだけだ。

男は坂巻、潤、木乃美を見下ろしながら言った。

「乱暴はやめろ」

「はあっ？　散々暴れといてなに言うとるか」

潤が片膝を立て、立ち上がった。

坂巻と木乃美も起き上がる。

「暴れたくて暴れたわけじゃない。先に手を出したのはその太った彼だ」

男に顎でしゃくられ、坂巻はむっとしたようだった。

「手を出したわけじゃなか。逃げようとしたけん、腕をつかんだだけやろうが」

「じゅうぶんに手を出したことになる。なんの権限があって、見知らぬ人間の腕をつかむのか。職務質問はあくまで任意だ。断ったからといって、身柄を拘束することなど許されない」

男はそのときのことを思い出したように、不快そうな顔で腕を振った。

「ほう……法律を盾にするか。たしかに職質は任意やけど、職質を拒否するために暴力を用いた時点で公務執行妨害罪が成立するとぞ」

「それならきみも公務執行妨害だ」

「は？」

坂巻が顔を歪めた。

だが次の瞬間には肩を揺すって笑い出す。

「なんの冗談か。意味のわからん」

すると男は懐からなにかを取り出した。黒い革製でカードケースぐらいの大きさだ。それは二つ折りになっているらしく、男は開いて中身をこちらに見せた。

その場に居合わせた全員の時間が止まった。

偽警官では……ない？

そこには男の顔写真とともに、金色の旭日章が輝きを放っていた。

警察手帳だった。

6

「お。戻ってきた」

坂巻の声に、木乃美は顔を上げた。

コンビニ袋を提げた鈴木が駆け寄ってくる。

「お待たせしました。峯さんと坂巻さんはブラックコーヒー、本田先輩は冷たいお茶、川崎先輩は常温の水」

袋から取り出したドリンクを、それぞれに手渡していく。

「――で、炭酸水が……」

炭酸水のペットボトルに手をのばしたのは、先ほど坂巻と格闘を演じた背の高い男だった。

「塚本《つかもと》だよ。塚本拓海《たくみ》」

目もとを細め、涼しげな笑みを浮かべる。

「はあ……」

名前を呼ばないのがせめてもの抵抗とばかりに、鈴木は目を逸《そ》らした。

大岡川沿いの歩道に、六人は立っていた。道路を挟んだ場所にある福富町西公園からは、子供たちのはしゃぐ声が聞こえてくる。

「で、警視庁の公安さんがなんの御用ですか」

峯はブラックコーヒーのボトルキャップをひねりながら訊いた。

塚本はいったん開きかけた口を閉じた。なにかを気にしているようだ。

木乃美は塚本の視線を辿ってみる。そこにいるのはベビーカーを押した若い女性だった。

なあんだ。木乃美はそう思ったが、塚本は違うようだ。女性の姿が見えなくなるまで、じっと口を噤《つぐ》んでいた。

それからおもむろに話し始める。

「五日前に横浜駅近くで発生したオートバイの暴走事故について、調べています」

「どういうことな」坂巻が怪訝そうに目を細めた。

「なんで天下の公安さまが、地方で発生した事故について調べるとな」

「あれは事故じゃない」

思いがけない発言に、木乃美と潤と鈴木はぎょっとした。

坂巻も少し驚いたようだが、衝撃はそれほどでもないらしい。

「だったらなんや。かりにそうだとしても、警視庁の、しかも公安が、管轄を越えて出張《でば》ってくる理由にはならんやろう」

「あれはテロだ」

これはさすがに衝撃が大きかったらしい。坂巻が目を見開いて絶句する。

代わりに峯が訊いた。

「どういうことですか。そう思う根拠は」

「事故を起こしたライダーの身元は、いまだに判明していませんよね」

「どうですかな」

峯は肩をすくめてはぐらかしたが、塚本はそれが既成事実のように話を進めた。

「身分証のたぐいをいっさい所持しておらず、ナンバーも偽造であるために車両登録を辿ることもできない。似顔絵を公開しても、身元特定につながる情報提供もない。そんな条件で身元を特定しろというほうが無茶です。神奈川県警はライダーの身元の特定はおろか、そこにつながる足がかりすらもつかめていない」

「そんなことはない」坂巻がふん、と鼻を鳴らした。

「何日か遅れをとってしまったようだが、おれらはあんたと同じところに聞き込みに行った。核心に迫っとるということやないか」

「本気でそう思っているのか。だとしたら絶望的だな。神奈川県民はこんな無能な人間に、自らの安全を委ねないといけないのか」

「なにをっ！」

いきり立つ坂巻の肩に、木乃美は手を置いた。

「落ち着きなって、部長。また絞め落とされそうになるよ」

潤がぷっと吹き出す。

「あれは……ちょっと油断しただけたい。次はあんな情けないことにはならん」

「残念だな」

塚本が鼻から息を吐く。

「なにがや」

「あそこで容赦せずに絞め殺しておけば、そんな減らず口を聞かずに済んだのに」

「きさまっ！」

坂巻が塚本につかみかかろうとする。

「やめなってば！」

木乃美だけでは止めきれずに、潤も加勢してくれた。

「やめたほうがいいです。認めたくないけど、塚本さんは強い。本気でやったら殺される」

ぐっ、と悔しさを呑み込むように喉を鳴らし、坂巻の圧力が弱まった。

塚本がにっこりと微笑《ほほえ》む。

「私が中華街やコリアタウンで聞き込みを行ったのは、可能性を潰すためです。事故死したライダーの身元がわからない。有力な情報提供も皆無。そういう状況では、外国人の可能性を疑うのは当然です。ナンバーも偽造だったとなれば、ライダーが犯罪組織に所属していた可能性も出てくる。おまけに横浜市には、日本人と見分けのつきにくいアジア系の外国人が住む大きなコミュニティーが存在する」

「つまり、ライダーがチャイニーズマフィアやコリアンマフィアの一員である可能性を探るというより、そうではないと確認するために、中華街やコリアタウンで聞き込みを行った、と」

さすがの峯も苦々しい表情を浮かべている。

「そういうことです」

塚本は勝ち誇ったような顔をしていた。

だが坂巻は負けを認めない。

「どうだかな。ライダーが外国人である可能性も、まだゼロじゃない」

「かりにそうだとしたら、あなたたちは、次はどう動くつもりだったのですか。坂巻さんは、福富町を仕切っている朴さんに会われましたよね。その後につながる有益な情報はえられましたか」

坂巻が痛いところを突かれた、という顔になった。勝負ありだ。

「外国人でなければ、いったい何者なんだね」

峯の質問に、よくぞ訊いてくれたという笑みを浮かべる。

「SFF《エスエフエフ》という団体をご存じですか」

一瞬の沈黙の後、峯が口を開く。

「あの学生団体か」

「学生団体？」

鈴木に訊き返され、峯は頷いた。

「ああ。現首相の辞任を求めて、国会議事堂前でハンストをやったこともある」

「さすが峯さん」塚本が唇の端を吊り上げる。

「SFFはSocialism For Futureの略で、簡単に言えば社会主義化を目指す運動であり、それを掲げる団体です。貧富の差の拡大と富の集積に不満を持つ若者たちの間で、このところじわじわと広がりを見せています。いわば昔の学生運動のリバイバルです」

「あのライダーは、そのSFFのメンバーだっていうんですか」

潤が眉をひそめる。

「そう考えている」

塚本はさらりと答えた。

「たかだか学生団体が、テロを起こしたっていうんですか」

笑いながら言う鈴木を、峯は渋い顔でたしなめる。

「それは昔の学生運動を知らないから言えることだ」

「その通りです」塚本が同意する。

「どんな崇高な理想を掲げていても、集団というのは危険なものだ。集団心理で思想が先鋭化し、行動が過激化して暴力的になるし、集団が大きくなることにより分派が生まれ、党派闘争が激化する。学生運動の歴史は、内ゲバによる殺し合いの歴史と言い換えてもいい」

説明されても、鈴木にはピンと来ない様子だ。曖昧に首をかしげている。

塚本はほかのメンバーの顔を見た。

「商業主義の象徴ということで、ＳＦＦはかねてから東京オリンピック反対の声明を発表していました」

「あっ」と木乃美は思い出した。

「その団体、渋谷とか新宿でデモやってました？」

テレビのニュースで見た記憶がある。

「うん。あれはＳＦＦのメンバーだけではなく、ほかの市民団体と連携したものだったけどね。そしてあのデモに参加していたのは、ＳＦＦはＳＦＦでも、比較的穏健派の東京支部の連中だ」

　塚本の物言いに引っかかったらしく、坂巻が訊く。

「あの死んだライダーは、東京支部の人間じゃないとや」

「おそらくは北海道支部所属だろう」

　塚本の回答に、潤が眉をひそめた。

「北海道？　なんでまたそんな遠くから」

「北海道って、本田先輩の推理通りですね。すごく遠くに住んでいるから、似顔絵を見た家族や友人が本人と気づかないって」

　鈴木の声は興奮でうわずっていた。

　塚本が続ける。

「ＳＦＦは基本的には学生運動の延長だから、それぞれが連携はするものの一枚岩というわけではない。各支部、各セクトが微妙に活動方針を異にしている。あくまで平和的な手段で理想を実現しようというところもあれば、その逆もある」

「つまり、北海道支部が暴走し始めている」

峯が低い声で言った。

「そうです。北海道支部の中でも、北海道の道南大学《どうなん》のサークルから発展した白石《しらいし》グループというセクトがあります。ここは以前からネットなどで過激なメッセージを発信しており、公安としても注視していました。その白石グループがこのところ、不穏な動きを見せています」

「不穏って、もっと具体的に言わんか」

坂巻は少し苛立《いらだ》ったようだった。

「オリンピックの妨害……」

木乃美の呟きに、塚本が気障《きざ》っぽく人差し指を立てる。

「察しがいいね。白石グループはホームページでオリンピック妨害のためのテロを匂わせている。いや、オリンピック妨害というよりは、札幌でのマラソン競技開催の阻止《そし》が目的かな。そもそもオリンピック誘致に反対だったのに、自分たちの活動拠点である札幌で競技が行われることにまでなってしまった。それが許せなかったんだろう。どんな手段を使っても、北海道を守る、マラソン競技を開催させないという旨の声明を発表している。警視庁は北海道警と連携して白石グループを監視し、警備にあたってきた」

「それがどうして、横浜に?」

潤は不可解そうに首をかしげた。

うん、と塚本が言葉を探すような間を置く。

「白石グループの主要メンバーはいまだ札幌に残り、テロを匂わせる過激なメッセージを発信し続けている。徹底的に監視されて自由に身動きが取れないにもかかわらず、不自然なほど強気な態度を崩さない」

「それはおとり……ってことか」

坂巻の細めた目が、ぎらりと光った。

塚本はゆっくりと頷いた。

「バイクの暴走事故のニュースを聞いたときに、そう直感した。だから連中は強気な態度でいられたんだ、むしろあえて強気な態度を打ち出すことで、監視の目を北海道に引きつけていたんだ、とね。白石グループは札幌でのテロを匂わせながら、ほかの会場でのテロを目論《もくろ》んでいる」

「それが横浜……」

鈴木の声はかすかに震えていた。

「大規模テロの発生した場所が札幌以外の会場だったとしても、札幌もマラソンどころではなくなるだろう。というより、そもそもオリンピックどころではなくなる」

「そっか。マラソンって日程的にはクライマックス……」

潤の情報を、峯が補完する。

「女子マラソンが最終日前日、男子が最終日の開催だ」

「それまでにどこかでテロを起こせば、その後のオリンピックの日程は中止される……ってこと？」

木乃美は一同の顔を見回した。

塚本が神妙な面持ちで言う。

「おそらくあの暴走ライダーは、白石グループの偵察部隊だった。だから警察の職務質問に応じるわけにはいかなかったんだ。ナンバーは偽造なので、追跡を振り切って逃げ切りさえすれば、身元を特定される恐れもない。だが途中から追跡に白バイが加わったのが、ライダーにとっての運の尽きだった。公道で白バイの追跡から逃げ切れるほどの腕前は、ライダーにはなかった。逃走しながら、そのことをライダー自身も悟ったんだろう。白石グループの仲間たちは、大きな計画の決行を控えている。身柄を拘束されて取り調べを受けるぐらいなら、事故を起こして死のうと決意する。ただの自損事故ではなく、できるだけ多くの道連れを作って……」

その場にいた全員が、しばし言葉を失っていた。

「マジか……」鈴木がかろうじてといった感じに呟く。

しばらくして「嘘だろ」と潤が言葉を零《こぼ》した。

「いや……」坂巻がぽつりと言う。

「いやいやいやいやいや。そんなことあるわけない。オリンピック会場を狙うなら、横浜よりも東京のほうが盛り上がっとるやないか。おれがテロリストなら東京を狙う。そのほうがインパクトあるやないか」

「だからじゃないか。東京には他府県警から多くの応援が駆けつけ、一〇メートルも歩けば警官にぶつかるような厳戒態勢だ。横浜でももちろん厳重な警備を敷いているが、そもそも横浜で行われる競技がサッカーと野球、ソフトボールしかなく、東京に比べると警備は手薄だ。テロリストにとっては狙いやすい」

いったんは言葉に詰まった坂巻だったが、なおも抗弁する。

「でもおかしいやないか。そんなおおごとになっとるんやったら、警視庁から神奈川県警に連絡が来とるはずやろうが。そんな話、おれはいっこも聞いとらんぞ」

「警視庁から神奈川県警への公式な協力要請はない」

「なんでだ」

「白石グループの標的は札幌のマラソン会場だという見方が、いまだに公安でも大勢を占めている。横浜に来たのはおれの独断だ」

「はあっ？」

坂巻が顎を引いた。「そら、どういうことな」

「公安は無能だということだ」

「あんたが無能だという可能性も、あるっちゅうことやな」

「きみにどう思われようがかまわない。もともと戦力としてあてにしていない」

「なんだと！」

塚本に詰め寄ろうとする坂巻の肩を、峯が押し返した。

「坂巻。もうやめとけ」

塚本は坂巻を無視して、なぜか木乃美のほうを見た。

え。なに？

木乃美は背後を振り返る。だが誰もいない。道路を挟んだ公園で、小さな子供たちが走り回っているだけだ。

ふたたび顔を正面に向けると、塚本はやはり木乃美を見ていた。

「な……なにか?」

探るような言い方になった。

「本田さん、捜査に協力して欲しい。そのためにきみの行動確認をしながら、接触するタイミングをうかがっていた」

異常なほど顔立ちが整っている上にどことなく演技めいた爽やかな笑顔を浮かべられ、なんとなく現実感が薄い。

「私に?」

「そう。力になって欲しい」

どうして、私が……?

わけもわからずに混乱していると、鈴木が会話に加わってきた。

「おれも協力しますよ。たぶん、本田先輩よりおれのほうが役に立ちます」

「おまえ、まだそんなこと言ってんのか」

潤が眉をひそめた。

塚本は微笑みを湛《たた》えたまま、鈴木を見る。

「そうだね。人数は多いほうがいい。ぜひ頼む。できれば川崎さんも」

そう言って塚本は、潤に笑みを向けた。

「私も？」

「ああ。日常業務にはそれほど支障は出ないと思うから」

「おれはごめんだぞ」

そういって腕組みをする坂巻には「捜査一課はいらない」と即答した。

「なんだそりゃ。バカにするのも大概にせえよ」

「やめとけ、坂巻。やらないと言ったのは自分じゃないか」

坂巻が峯にたしなめられる。

「おれが力を借りたいのは交通機動隊――中でも並外れた動体視力を持つと噂《うわさ》の本田木乃美さんだ」

「なんでそのことを？」

潤が口を半開きにする。木乃美も驚いていた。名前だけでなく、木乃美の特技まで把握してるなんて。

「公安の武器は情報だよ。排気音だけで車種や速度まで言い当てられる特殊技能を武器に、優秀な取り締まり成績を収めている、川崎潤さん」

うっ、と潤は言葉も出ない様子だ。

「おれは？」

鈴木が期待に目を輝かせ、自分を指差した。

「もちろん知っていた。鈴木景虎くんだ」

「それだけですか?」

「みなとみらい分駐所A分隊に所属している、鈴木景虎くん」

「それだけ……」

鈴木ががっくりと肩を落とし、坂巻が愉快そうに笑う。

「あの、協力って」

木乃美は訊いた。

「うん。木乃美ちゃんには簡単なことだよ。たいした手間にもならない」

塚本はさりげなく下の名前に「ちゃん」付けで呼び、人懐こい笑みを浮かべた。

3rd GEAR

1

タトゥー、タトゥー、タトゥー。

木乃美は頭の中で呪文のように繰り返しながら、行き交う車両を見つめていた。

「ねえ、木乃美ちゃん。ねえ」

歩道から成瀬が声をかけてくる。

違う。違う。

「なに？」

「潤ちゃん、どうかな。なにか言ってた？」

違う。これも違う。

「なにも」

「嘘だろ？　だって天田だよ。天田拓人。侍ジャパンの主軸だよ」

違う。違う。違う。

「その侍ジャパンの主軸に会わせてあげたんだよ。おれ、その侍ジャパンの主軸と友達なんだよ」

違う。違う。違う。違う。違う。違う。違う。

「ねえってば」

うるさいな。

「知らないよ、そんなの。潤もそんなに野球興味ないみたいだし。っていうか、天田選手がすごいだけで、天田選手と知り合いの成瀬くんは別にすごくないじゃん」

「でもおれだって抱かれたい男ランキング八位だよ。こんな横浜の街中なんか、出歩いちゃいけないってマネージャーから釘《くぎ》を刺されてるんだよ」

「じゃ、出歩かなきゃいいじゃん」

木乃美は歩道を振り返った。

キャップにサングラス、マスクという、見るからに怪しげな格好をした成瀬が立っている。顔バレしないための変装なのだろうが、夏場にこの格好は逆に人目を引いていた。

「その格好、暑くないの」

「暑いよ。暑いに決まってる。暑いのを我慢して、人の多いところを出歩くなっていうマネージャーの忠告も無視して、こんなところまで来てあげてるんだよ。なのに木乃美ちゃん、ちょっと冷たいんじゃないの」

「来てくれなんて頼んでないし。私いま、仕事中なんですけど」

高架になった道路に合流する側道だった。下り坂では知らず知らずのうちに速度超過に陥りやすく、速度違反の発生しやすいスポットだ。交通機動隊員の間では、このような交通違反の起こりやすい場所を「漁場《ぎょば》」と呼んでいる。

木乃美はCB1300Pに跨がり、往来する車両に目を光らせていた。いつもならば速度違反はないか、ドライバーが運転しながらスマートフォンをいじっていないか、通話していないかなどを注意するのだが、いまはドライバーの首にも注意を向けている。木乃美の白バイの後ろには、成瀬の愛車である青いホンダNSXがハリードを焚《た》いていた。端《はた》から見れば、成瀬が白バイの取り締まりを受けているように見えるだろう。

木乃美は塚本との会話を反芻《はんすう》する。

「白石グループのメンバーだった、火野《ひの》という男がいるんだが、おれは今回の横浜でのテロの現場指揮を執っているのは、その火野だと睨んでいる」

塚本の言葉に、坂巻が反応する。

「だった、って過去形やな。どういうことな」

「リーダーの白石と揉めて、グループを抜けたことになっている。だからいま、表向きは白石グループともSFFとも関係のない一般市民だ。だがおれは、そうは思っていない」

「脱退を偽装しているってことだな」

峯が言い、塚本が頷いた。

「そうです。そもそもが主要メンバーですらなかった火野は監視対象からも外れており、公安も現在所在をつかんでいません。おそらく札幌を脱出して、横浜に潜伏しているのでしょう」

「で、その火野ってやつを見つける手伝いをすればいいんですね」

重要な責務に燃えているのか。鈴木はやる気満々だ。

「そういうこと。お願いできるかな」

「もちろんです」

二つ返事で応じる鈴木のそばから、潤が訊いた。

「その火野ってやつの顔写真、ないんじゃないですか」

「えっ。そうなんですか」

鈴木が目を丸くする。

塚本はにやりと唇の端を吊り上げた。

「さすがだね、川崎さん。彼は主要メンバーではないので、当時の写真もない」

「じゃあ、どうやって火野を探すんですか」

鈴木が塚本と潤を交互に見る。

潤は言った。

「だから木乃美なんだよ。写真こそないものの、火野には確認すればすぐに本人とわかるような身体的特徴がある」

「その通り」塚本は笑顔で頷いた。

「火野はタトゥーマニアでね。全身にタトゥーが入っている。もちろん、胴体部分のタトゥーは服を着ていればわからないし、腕の部分も長袖の服なら隠れてしまう。だから注目すべきはこの部分だ」

塚本は自分の首筋の部分を指差した。

「この部分に飾り文字でCarpe《カーペ》 diem《ディアム》というタトゥーが入っている。ラテン語でいまを生きろ、という意味だね」

「いまを生きた結果がテロとはな」

峯が皮肉っぽく笑い、坂巻も苦笑する。

「どんな名言でも曲解する輩《やから》はいますけんね」

「左耳の後ろから、喉仏の下の部分にかけての部分だよ」

塚本が自分の首筋を人差し指でなぞる。

「どうした、木乃美」

潤が覗き込んできた。

木乃美は歪めた表情のまま答える。

「だって、そんなところに入れ墨を入れるなんて痛そう」

自分がタトゥーを入れるところを想像していたのだ。ピアスの穴さえ開けるのが怖くていまだに踏ん切りがつかないでいるのに、首筋にタトゥーだなんて。

「まあ、そりゃ痛いだろうな」

潤が笑った。

「ともかくそういうことなんだ。木乃美ちゃんは普段通りに業務に従事してくれてかまわない。ただ、ちょっとだけ注意してくれればいい。道を走る車両のドライバーの首筋に、そういったタトゥーが入っていないか。それを確認してくれさえすればいいんだ」


塚本さんもそう簡単に言うけどさ——木乃美は思う。

不可能なことではない。だが普段は意識していないことを意識するとなると、精神的な疲労が段違いだ。

——かりに見過ごしてしまっても、それはそれでかまわない。あくまで普段通りに仕事をする中で、意識の隅に留《とど》めておいて欲しいという程度の頼みだから。

塚本の言葉通りに気軽には受け止められない。相手はテロリストだ。

それなのに……。

「じゃあ、おれも仕事を手伝ってあげる。交通違反がないか見張っていればいいんだろう」

成瀬が腰を屈《かが》め、車道に目を凝らす。

「いいよ」

少しイラッとした。

「どうして。一人でやるより二人でやったほうが、違反を見つけやすいよ」

「気が散る」

「なるほどね」やけにあっさり引き下がったと思ったら、自分に都合の良いように解釈したらしい。

「わかる。すぐそばに抱かれたい男ランキング八位で六年前の日本アカデミー賞新人賞候補のイケメン俳優が立っていたら、オーラがすごいもんね。たしかに気が散るかもしれない」

そういう意味じゃなくて。

「ってか、なんで私なの。潤のところに行けばいいじゃない」

いまこの瞬間、潤も木乃美と同じように、第一交通機動隊の管内で取り締まりにあたっているはずだった。潤のことを好きな成瀬が、どうして自分のところに来るのか理解できない。

「だって、木乃美ちゃんがよくいる取り締まりスポットはだいたい把握してるけど、潤ちゃんがいる場所はわかんないし、訊いても教えてくれないし――」

そこまではなるほどなと納得できたが、続く言葉でかちんときた。

「潤ちゃんの仕事の邪魔をするわけにはいかない」

「ちょっと！」即座に突っ込んでいた。

「私の仕事は邪魔してもいいっていうの？」

「そういうわけじゃないけど、潤ちゃんに嫌われたくないからさ」

私には嫌われてもいいのかよ。思ったが、言いたいことはわからんでもない。

「潤をデートにでも誘ったらいいじゃん」

「何度も誘ってるんだよ。でも二人っきりだと応じてくれなくて。この前の屋内練習場だって、本当は潤ちゃんだけを誘いたかったけど、断られるのがわかってるから、A分隊全員でどうぞって言うしかなかったんだ」

「それ、私の前で言う？」

笑ってしまった。

言われなくてもわかってはいた。自分を始めとする潤以外のA分隊隊員は、成瀬が潤にあうためのダシに利用された。もっとも成瀬の狙いがなんであれ、貴重な経験をさせてもらったのは事実だから感謝はしているのだが。

「とにかく、こんなところで私と話してても時間の無駄だよ。家でオリンピックでも見てればいいじゃない」

仕事の邪魔だし。

体よく追い払おうとしたのだが、

「おれ、あんまりスポーツ観戦とか興味ないんだよね」

そういえば、野球もあまりわからないと話していた。

「天田選手と友達なのに」

「そうなんだよね。拓ちゃんからはぜひ試合を観に来て欲しいっていわれてるんだけど」

「でも、オリンピックのチケットなんて、そう簡単に手に入るものじゃないもんね。行こうと思って行けるものでもないか」

木乃美は応募しなかったが、十倍二十倍では済まないぐらいの倍率だったように記憶している。

ところが「あ。その点は大丈夫」と、成瀬はあっさり言い放った。

「席は拓ちゃんが用意してくれる」

「そうなの？」

「うん。いつでも来られるときに連絡をくれれば手配するって」

世の中は不公平だ。

「それなら、天田選手の試合に潤を誘ったらいいんじゃない？」

「えっ……」

いままで考えたこともなかったという、成瀬の驚きの表情だった。

「おれが誘って、来てくれるかな？」

「そんなの、私がわかるわけない。でもオリンピックを生で見る機会なんてそうそうあるものじゃないし、ダメ元で誘うだけ誘ってみたらいいんじゃないの。今日と明日はちょっと難しいかもしれないけど、明後日の夜ぐらいなら、たぶん空けられるはずだよ」

潤に予定が入っていなければ、の話だが。

「マジで？」

「うん。断られたら、私が一緒に行ってあげるから」

えーっ、と成瀬が声を上げる。

「潤ちゃんに断られても、別に木乃美ちゃんと一緒には行きたくないなあ」

ああ、そうですか。

「でも、木乃美ちゃんにそう言われて、なんか勇気が湧いてきた。そうだね、断られるのを怖がらずに、誘ってみたほうがいいね。潤ちゃんも人間だから、そろそろおれの魅力に抗えなくなってきているかもしれないし」

そのポジティブ思考の半分でも分けて欲しい。

「よかったね。頑張って」

「わかった！　ありがとう！　木乃美ちゃん！」

「じゃあそろそろ帰ってくれる？」

「うん！　おれも台本覚えないといけないから、長々と木乃美ちゃんの相手をしている場合じゃないんだ。ごめんね、木乃美ちゃん」

なんだこいつ。帰ってくれるならいいけど。

成瀬が手を振り、自分の車に戻る。

やれやれと吐息をつき、視線を正面に戻した、そのときだった。

遠くからけたたましい排気音が聞こえてくる。明らかに違法改造されたマフラーのものだ。

排気音は後方からだった。スロットルを開いたり閉じたり、打楽器のように強弱をつけながら近づいてくる。

やがて排気音が高架をのぼり、木乃美たちの横を通過して下る。坂を下りきったところで、その全貌が見えた。

丸く突き出したロケットカウル、日章旗をモチーフにしたような赤と白のカスタムシート、なぜそこまで背もたれを高くする必要があるのか、首をかしげたくなる三段シート。ベースとなった車種がわからないほどに派手に改造を施されたバイクに、黒いマスクと白い特攻服姿の男が乗っている。ヘルメットはかぶっていない。金色に染めたオールバックの髪型が剝き出しだ。

バイクは猛スピードで蛇行しながら、追い越し禁止車線で先行車両を抜き去った。不正改造。速度違反。追い越し違反。安全運転義務違反。

違反のオンパレードだ。

木乃美はヘルメットのシールドを下ろし、サイレンスイッチを弾いた。

両足を地面から離し、スロットルを開いて発進する。

ギアを上げるたびに、ぐんっ、ぐんっ、と身体が前に飛び出す感覚がある。

あっという間にバイクに追いついた。

拡声スイッチを押しながら呼びかける。

「そこの白いバイク、左に寄せて止まりなさい」

そうしながらナンバープレートを読み取ろうと目を細めた。だが、見当たらない。

よく見ると、プレートが折り曲げられている。

この場で捕まえないと駄目か。

内心で舌打ちしながら、ハンドルを握り直す。

ライダーがこちらを振り返る。

やめてっ！　ちゃんと前見て！　胃が持ち上がるような感覚。

「危ないから前見なさい！」

拡声で忠告した。

案の定、ハンドル操作を誤りかけて違法改造バイクの車体がふらつく。

ひやっとしたが、ライダーはなんとか体勢を立て直したようだった。木乃美の全身に血流が戻る。

だがまだ安心にはほど遠い。

無線交信ボタンを押して応援を要請する。

「交機七八から神奈川本部。制止を無視して逃走した速度違反の二輪車を追跡中。応援願いたい。現在、逃走車は聖マリアンナ医科大西部病院近くの中原《なかはら》街道を、東京方面に向かって走行中。逃走車はロケットカウルに三段シート、白と赤の日章旗のようなペイント。以上、交機七八」

『神奈川本部了解。傍受の通り。付近のＰＣにあっては交機七八に集中運用のこと。

以上、神奈川本部』

すぐに応答があった。

『交機七四から神奈川本部。向かいます』

『交機七九から神奈川本部。こちらも急行します』

交機七四が潤、交機七九が鈴木の白バイだ。

よかった。助けに来てくれる。

木乃美がほっと安堵《あんど》の息をついた瞬間、違法改造バイクが甲高いスキール音を響かせた。急ハンドルを切って右折するつもりのようだ。

「危なっ……！」

ヘルメットの内側で思わず叫んだ。

反対車線から対向車が近づいていたのだ。対向車のドライバーが目を見開き、身を固くする様子がスローモーションで見える。

クラクションは間に合わない。それほどのタイミングだ。

だがすんでのところで違法改造バイクは右折を終え、対向車をやり過ごした。

そのとき、木乃美の脳裏にフラッシュバックが起こった。

あのときに似ている――暴走ライダーが十二人をはねた、あのときと。

自分はあのときの元口と同じ轍《てつ》を踏むのではないか。

いや、それでは元口の追跡に非があったかのようだ。元口は悪くない。事故を起こさないよう、最大限に配慮していた。塚本も言ったではないか。あれはテロだ。ライダーは逃げ切れないことを悟り、一人でも多くの道連れを作ろうと横浜駅前の繁華街に突入した。事故などではなく、明確な意思のもとに遂行された殺人だった。だから元口に非はない。元口と同じ轍を踏む。それは悪いことではないのだ。

だが、違法改造バイクに続いて右折した木乃美は、スロットルを開くことができなかった。バイクのお尻が遠ざかる。

いけない。このままでは逃げられてしまう。

慌てて我に返り、速度を上げた。

マシンの性能においても、ライディングテクニックでも、違法改造バイクとの差は歴然としている。違法改造バイクがぐんぐん近づいてくる。

しかし──。

ある段階から、両者の差は詰まらなくなった。それどころか、じわじわと引き離されていく。追跡の意思はあるのに、身体が言うことを聞かない。

やがて、違法改造バイクの姿を見失った。

「なんで……？」

木乃美は白バイを路肩に寄せ、停止させた。

グローブに包まれた自分の手の平を見る。自らの意思に逆らって速度を緩めた右手が、自分の一部ではない、別の生き物のように感じられた。

違反車両を逃がしてしまった。ナンバーを読み取ることもできなかったし、これでは違反者の逃げ得になってしまう。

だが、無線越しに朗報が届く。

『交機七四から神奈川本部。交機七八が追跡中だったと思われる二輪車のライダーを確保――』

潤は排気音を聞いただけで車種や速度がわかる特技を持っている。木乃美が見失った後も、排気音を辿って追跡したようだ。

潤は木乃美にもメッセージを送ってきた。

『交機七四から交機七八。どうした？　あんな拙《つたな》いライテクしかない違反者を見失うなんて、らしくないな』

「ごめん。ちょっとお腹《なか》の調子が悪くて」

なんとかひねり出した苦し紛れの言い訳に、潤は笑った。

『お腹の？　大丈夫か？　変なもん食ったんじゃないの』

潤との交信を終えた木乃美は、ふたたび自分の手の平を見る。

「嘘だよね……？」

手の平に語りかけた。

嘘だよね？

違反者を追い詰めるのが、怖くなってしまったなんて。

緊急走行が、できなくなるなんて――。

2

〈関内駅南口〉の信号を渡り終えたところで、背後から何者かに肩を叩かれた。

振り返った川崎潤は、ぎょっとして飛び上がりそうになる。

キャップにサングラス、マスク姿の見るからに怪しげな風貌の男が「やあ」と軽く手を上げたのだ。

よく見ると、成瀬博己だった。

「なんだよ、その格好は」

潤はドン引きしながら成瀬の全身に視線を這わせる。横浜をフランチャイズにするプロ野球チームのユニフォームは、駅の方向から横浜スタジアムに流れる人波にも多く見かけたので不自然ではない。だが、顔まわりが異様すぎる。日もかたむき、風も出てきたので日中に比べたらいくぶん過ごしやすくはなったが、それでも八月一日の夏真っ盛りだ。

「これ？　これは気にしないで」

サングラスのレンズの奥の目が細まった。

「一緒にいるだけで暑苦しいな。マスクの内側なんか、蒸れるんじゃないか」

「つねにこの格好で過ごしているから、そんなに気にはならない。それにしても潤ちゃん、暑苦しいとは失礼だね。僕は一緒に海に出かけたい男ランキング十二位の男だよ」

「どこ調べだよ。ってか、十二位ってまた微妙な順位じゃねーか。そんなもん自慢すんな」

「相変わらず手厳しいな、潤ちゃんは」

叱責されたにもかかわらず、成瀬は嬉しそうだ。

こっち、という感じに、成瀬から腕を引かれた。球場方面に流れる人の流れの邪魔になっていたようだ。通行の邪魔にならないように道の脇に移動する。今日の日本代表の対戦相手である中米チームのユニフォームを着た一団が、なにやら楽しげに合唱しながら通り過ぎていく。

その一団を微笑ましげに見送りながら、「国歌かな」と呟いた成瀬が、潤のほうを見た。

「今日はいちだんと綺麗だね」

「そうか？」

潤は自分の身体を見回した。

「そうだよ。いつもライダースジャケットのイメージが強いけど、今日は白いブラウスにデニムパンツだ。あまり見たことがない服装だよ」

成瀬が嬉しそうに頷く。

「ああ。バイクじゃないからな」

いつもどこに行くにもバイク移動が基本の潤だったが、今日は電車を使った。野球観戦といえばビール。バイクに乗るわけにはいかない。

「僕のためにおめかしして来てくれたんだね。嬉しいよ」

「人の話聞いてたか」

そもそも白ブラウスにデニムパンツでおめかしなんて言われるのも心外だ。メイクだってしていないし、本気モードのおしゃれ着ならちゃんと持っている。今日は本気を出すような相手じゃないし、野球観戦だからラフな服装のつもりなのに。

「さ。どうぞ」

成瀬が左腕を曲げ、こぶしを脇腹のあたりにあてた。エスコートするので腕を組もうという意思表示らしいが、潤は無視して歩き出した。

横浜スタジアム前の広場には人がごった返している。そびえ立つスタジアムの巨大さとカクテル光線に、否《いや》が応《おう》にも気分が盛り上がる。

「ちょっと待って。潤ちゃん。入場口を確認する」

成瀬が立ち止まり、スマートフォンを見る。

少し先を歩いていた潤は、成瀬のところまで戻った。

「今日は天田さん、出るのか」

「わからないって言ってた。自分では出たいと思っていても、選ぶのは監督だからって。このところ疲れが溜まっているみたいだから、オープニングラウンドのうちに主力を温存するという戦略もあるらしい。とはいえトップ通過と二位通過ではその後がだいぶ違うっていうから、出るんじゃないかな。だいたい、天田拓人が出ないと客が納得しないよ」

「オープニングラウンドってなんだ?」

すぐ近くを歩いていた通行人が、そんなことも知らないのかという顔をしながら通り過ぎる。

成瀬がスマートフォンを見ながら答えた。

「おれもよくわかってないんだけど、総当たりの予選みたいなものだって。オープニングラウンドの成績にもとづいて、明日からのノックアウトステージの組み合わせが決まるって聞いた」

「なんかあれだな、私たち二人とも野球音痴なのに、本当の野球好きの人たちに申し訳ないな」

潤は周囲を見回した。日本代表チーム以外にも、選手の所属する球団のユニフォームを着たファンの姿が目につく。

「そんなことない。オリンピックのチケットは抽選だから。なんでもいいからオリンピックを生観戦したいって人が片っ端から申し込んだりしているんだ。今日ここに集まった全員が、熱狂的な野球ファンってわけでもない」

「でも私たちは抽選に申し込んですらいない」

「それはほら、有名人の政治力」

「もうちょっとオブラートに包んだ言い方はできないのか」

もっとも、成瀬の政治力の恩恵をこうむっている時点で、潤にも批判などする権利はないのだが。

「こっちだ。行こう」

成瀬が向かったのは、関係者用の駐車場だった。入り口に立っている係員に、マスクとサングラスをずらしてみせる。

だが、「パスはお持ちですか」と無愛想に返された。

「おい。まさかおれの顔、知らないのか」

「パスをお持ちでない方をお通しするわけにはいかないので」

「よく見ろよ、この顔。テレビ見ないのか？　抱かれたい男ランキング八位だぞ」

「パスをお持ちでない方はお通しできません」

「あのな――」

係員に絡む成瀬に、潤は訊いた。

「もしかしてパス、持ってないのか」

「いや。持ってるけど」

二人ぶん、と懐からビニール製のケースに入ったカード状の通行証を取り出す。

「持ってんのかよ。さっさと出せばいいじゃないか」

「でも、おれの顔見たらわかるじゃない、普通」

「バカか。オリンピックだぞ」

「でも抱かれたい男ランキング――」

「いい加減にしろ」

成瀬からパスをひったくって提示し、バッグの中身を見せて入場した。

駐車場を抜け、階段をのぼって通路に出る。外の人混みに比べて意外に空《す》いていると思ったら、どうやらここは関係者専用の通路らしい。首からプレスパスを提げた、明らかに一般の観客とは違う雰囲気の人間が行き交っている。

「一般の席は売り切れちゃってるから、今日はバックネット裏のカメラマン席からの観戦になるけど、いいかな」

廊下を歩きながら振り返る成瀬は、言葉こそ謝っているが口調は得意げだ。

「別に。どこでもかまわないけど」

潤はぶっきらぼうに答えた。

「もっとも一般の席なんか座ったら、まわりが騒ぎ出して野球観戦どころじゃなくなっちゃうかもしれないけどね」

「変質者がいる、ってか？」

「違う。エースで四番っぽいイケメン俳優ランキング三十六位の成瀬博己がいる、って」

「どんなランキングだよ。ってか三十六位かよ。しょぼいな」

「だからパニックを避けるためにも、バックネット裏のほうがいいね。バックネット裏から見たら迫力満点だと思うな。野球ファンなら、一度はバックネット裏で観戦してみたいと思うんじゃないかな。潤ちゃん、知ってるかい？　今回のオリンピックで野球のチケットの当選倍率。二％ぐらいしかないいんだよ。普通の人は球場に入りたくても入れない、むしろどんなに悪い席でも観たいっていうのに、おれたちはバックネット裏の特等席で——」

「わかったよ」遮って言った。「……ありがとう」

「え。なに？　聞こえない。もう一度言って」

成瀬が耳に手をあてて訊き返す。

「調子に乗るな」

潤が低い声で脅すと、嬉しそうに肩をすくめられた。

ふいに、廊下に掲げられた場内の案内板が目に入る。

「ねえ。こっちでいいの？」

バックネット裏とは逆方向に進んでいるように見えたのだ。

「ああ。せっかくなんでロッカールームに寄って、拓ちゃんを激励しようと思ってね」

「試合前に行ったら邪魔じゃない」

「平気平気。拓ちゃんのほうがおいでって言ってくれたんだから。まだオープニングラウンドだから、今日はわりと気楽に臨めるみたいだしね。成瀬くんが行って激励したらみんな発奮するだろうから、ぜひ来て欲しいって」

「そうなの。じゃあ、私はここで待ってる」

「どうして。潤ちゃんが来なくてどうするの。白バイ隊員は拓ちゃんの憧れなんだよ。潤ちゃんを連れて行くって言ったら、拓ちゃんすごく喜んでたのに」

「本当に？」

「うん。そんなしょうもない嘘つかないよ」

「そっか……」

オリンピック選手から憧れられているなんて、まったく実感が湧かない。

だが天田自身が面会を望んでいるのなら、自分も行ったほうがいいのだろう。パスを発行してもらったことへの礼も言わなければいけないし。

ところがロッカールームの入り口が見えてきたところで、「ちょっと」と、すれ違ったポロシャツの男に呼び止められた。いかにも体育会育ちといった短髪にがっしりとした体格で、大きなボストンバッグをたすき掛けにしている。

「どこに行かれるんですか」

「ロッカールームに。天田選手を激励しようと」

成瀬がサングラスとマスクをずらし、おれの顔を見ればわかるだろう、と言わんばかりの得意げな笑みを浮かべた。が、とっておきの水戸黄門《みとこうもん》の印籠も、男には通用しないようだった。

「試合前なんで遠慮してもらえますか」

「おれの顔知らない？　俳優の成瀬博己。受験生に聞いた、試験前に励まして欲しいイケメン俳優ランキング四十五位の」

男が怪訝そうな顔で歩み寄ってくる。

「その顔……どこかで見た気がする」

いや、気のせいかな、どっちかなと、首をひねった。

「気のせいじゃない。見たことあると思う。ほら、この前やってた大河ドラマ、あれにも出てたし。主人公の親友で、最後死んじゃう役。めちゃくちゃ良いやつで、主人公の人気を食っちゃったあのキャラクター。あれ、おれだから」

ああ、と男がなにかを思い出したような顔をする。

だが、思い違いだったようだ。

「知らない。大河ドラマなんて見たこともない」とかぶりを振った。

成瀬がずっこける。

「とにかくロッカールームには近寄らないでください。試合前です。選手たちの気が散ります」

「いや。おれたちは拓ちゃん――天田拓人に呼ばれて来たんだけど。天田拓人の友達なんだけど。親友なんだ」

「ヤバいやつはみんなそう言うんだ」

「おれは違う！」

「成瀬。もういいよ。試合前に邪魔しちゃ悪いし」

潤は成瀬の袖を軽く引いたが、振り払われた。

「呼ばれてきたのになんで追い返されないといけないんだ。通してくれ」

成瀬が男を避けて前に進もうとする。

が、男はさっと横に移動して進路を阻んだ。

「駄目だ。ロッカールームに入れるわけにはいかない。引き返せ。警備員を呼ばれる前に」

「呼びたきゃ呼べばいい。こっちには警備員どころか本物の警察がいるんだ」

「おいっ」

潤は思わず成瀬の肩をつかんだ。

「なにが警察だ。だいたいおまえら、よく見たらプレスパスもつけてないな。ファンが紛れ込んだのか」

「パスはおれの顔だ。通せ」

パスは持ってるじゃないか。さっさと出せばいいのに。

潤は思ったが、いまの成瀬は聞く耳を持たなそうだ。

「あんたの顔なんか知らん」

「知らん、なんてよくもぬけぬけと言えたもんだ。おれは国民的俳優だぞ。おれの顔を知らないなんて非国民だ」

いや、そこまでじゃないだろ。

低レベルな押し問答をあきれながら見守っていると、ロッカールームから見覚えのある顔が出てきた。日本代表のユニフォームを着ている。

「あ。成瀬さん」

男は成瀬を見て、笑顔になった。

「あなたは福岡キングスの……」

この前会ったばかりだというのに、成瀬は相手の選手の名前を忘れてしまったらしい。

「崎本です。崎本駿男。先日はありがとうございました」

「そうだ。崎本さんだ。今日は頑張ってください」

「ありがとうございます」

崎本は軽く帽子を持ち上げ、潤に軽く目礼した。

「お知り合いでしたか」

短髪の男は狼狽《うろた》えた様子で、成瀬の進路を空けた。

「知り合いもなにも、浅倉《あさくら》さん、知らないの。俳優の成瀬博己さん。有名だよ」

崎本はかなり驚いた様子だ。成瀬を知らないのはそんなに驚かれるようなことなのかと、潤はそのことに驚いた。

「テレビをあまり観ないもので」

浅倉と呼ばれた男は、ばつが悪そうに目を伏せる。

「親友の拓ちゃんから呼ばれたのに、この男が通してくれなかったんだ」

成瀬が勝ち誇ったように言う。

「し、親友だとは……」

「言ったけどな。でもヤバいやつはみんなそう言うって返された」

「失礼……」

浅倉が目も合わせずに手刀を立て、そそくさと立ち去ろうとする。

「そんなんで謝ったことに――」

「やめろ。もういいじゃないか」

潤は成瀬をたしなめた。そもそも成瀬が素直にパスを見せていれば、起こるはずのなかった揉《も》め事だ。

「潤ちゃんがそう言うなら、許してやる」

成瀬がふん、と鼻から息を吐き、遠ざかる浅倉の背中を睨みつける。

「あの人、選手なんですか」

潤の質問に、崎本はかぶりを振った。

「いいえ。岩本のパーソナルトレーナーです」

岩本。たしかこの前、屋内練習場で崎本と一緒にいるところを見かけた。元口によれば、昨年の北海道シャークスCS進出の立役者だったはずだ。

「すごいな。一人ひとりにトレーナーがついてるのか」

成瀬は感心したようだ。

「全員じゃないですけどね。僕らプロ野球選手は自分の身体が資本なので、少しでも長く現役を続けるために、しっかり自己管理をしないといけません。だから意識の高い選手は個人でトレーナーと契約しているんです」

「そうなんだ」

白バイ隊員が毎日白バイをメンテナンスするようなものか。

そのとき、ロッカールームから天田が出てきた。

「崎本さん、なにかっこつけてるんですか。今朝も四時まで飲んでたくせに」

会話を聞いていたらしい。

「うるせえな。余計なこと言わなくていいんだよ」

「拓ちゃん」

成瀬が手を上げ、天田が笑顔で応じる。

「成瀬くん。ようこそ」

それから天田は、潤を見た。

「こんにちは。よく来てくださいました」

「いいえ。無理言って入れていただいてすみません」

「ぜんぜんたいしたことじゃありません。成瀬くんに試合を観に来て欲しいって言ったのは僕だし、白バイ隊員さんに来てもらえるなんて光栄です。お忙しいんじゃないですか」

「あ。いえ。ぜんぜん」

たしかにこのところ忙しい。仕事しているか、独身待機寮の自室で寝ているか、という感じの毎日だ。けれどそんな事情を、これから試合に臨むオリンピック選手に正直に申告するわけにもいかない。

「ところですみませんでした。僕がみんなに伝えておかなかったせいで、不快な思いをさせてしまったようで」

天田が申し訳なさそうに頭を下げた。

「浅倉さん、堅いからな」

崎本が苦笑しながら、浅倉の去った方角を見やる。

「あの生真面目さは、仕事をする上では美点ですけどね」

天田の浅倉へのフォローは、崎本には承服しがたいらしい。

「そうかな。真面目すぎて疲れるぜ。あの人がいるときといないときじゃ、ロッカールームの空気が違うじゃないか」

「そうですけど、でも実際、あの人と契約してから岩本さんの成績が上がったのは事実です」

「上がったっていってもなあ。打率二割が二割三分になったところで、誤差だろ」

「でも岩本さんは、浅倉さんのコンディショニングのおかげで身体が動くって言ってました」

崎本に話していた天田が、潤たちを見る。

「すごいんですよ。食事の管理まで細かくやっていて」

「ロッカールームに調理器具まで持ち込んできたときには、どうしようかと思ったぜ。おいおいこんなところで料理するのか、って」

崎本が笑った。

「それはたしかにすごいね。潤ちゃん」

「ああ。プロってのはそこまでストイックにならないといけないものなんだな」

成瀬と潤は頷き合う。

「岩本が特別ストイックなだけですよ」

崎本が言い、「崎本さんは、少し岩本さんを見習ったほうがいいと思いますけど」と天田が苦笑する。

「うるせえんだ。おまえも少しは飲みに付き合え」

「シーズンオフに誘ってください」

崎本の誘いをやんわりと断り、天田が潤に言った。

「川崎さん。約束、覚えてくれてますか」

「もちろんです」

厳密には、天田と約束したのは元口、それか山羽なのだが、天田にとっては『白バイ隊』との約束なのだろう。

「あの約束のために、今日も頑張って勝ちます」

「応援してます」

「ありがとうございます。今後はよりいっそう厳しい戦いになると思いますが、金メダル目指して頑張ります」

「おっ。ついに金メダル宣言来ちゃったか。この前まではメダルを獲れたらって話だったけど」

　成瀬はひやかす口調だ。

「最初から目標は金メダルだよ。でも何色でも、メダルを獲れたら白バイを見せていただけるんですよね」

「もちろんです。獲れなくてもいらしてください」

　おそらく元口ならこう言うだろう。

　すると成瀬が顔の前で手を振った。

「ダメダメ、潤ちゃん、そんなこと言ったら。金メダル獲れないなら来るなっていうぐらい、発破をかけてやらないと」

「いや、言われなくても頑張るけどさ」

　天田が苦笑いする。

「全打席ホームランで頼む」

「そりゃ無理だって」

　だが天田はこの日、四打数四安打一本塁打五打点の大活躍でチームを勝利に導き、グループ一位通過を確定させた。

3

「すごかったよな」

助手席から声がして、木乃美はびくっと肩を震わせた。

「びっくりした。起きてたんですか」

「起きてるさ。ずっと。いままで一度だって服務中に寝たことなんてない」

倒したシートから、山羽がむくりと身体を起こす。

「あ。ええ……」

そうだっけ。実のところ、木乃美のほうはハンドルに腕を載せながらうつらうつら舟を漕《こ》いでいたので、助手席で山羽が寝ていてもわからない。

木乃美と山羽は覆面パトカーで夜のパトロールに出ていた。丁字路の縦棒部分に停車し、横棒部分にあたる第一京浜《けいひん》道路の車の往来を監視している。交通量も少なくなってきた深夜零時過ぎ。気が緩んで飲酒運転や速度違反が多発する時間帯だ。

「すごいって、なにがですか」

木乃美は自分の頬を両手で叩きながら訊いた。もしかして、意識が飛んでいたせいで山羽の話を聞いていなかったのだろうか。

「昨日の天田選手だよ。四の四、一本塁打、五打点。神がかってた」

「ああ」そういえば昼間も鈴木が興奮気味に話していた気がする。「そうみたいですね」

「そうみたいって、おまえ試合観てないのか」

「観ようと思ってたんですけど、試合が始まるまでに、お酒を飲みながら録《と》り貯《だ》めしたドラマをいっき見しようとしてたら、いつの間にか寝ちゃって……」

気づいたら外が明るくなっていた。久しぶりにのんびりとした休日を満喫するつもりだったのに、結局これだ。

「別にいいけどな。スポーツに興味がなくても」

山羽に苦笑された。

「ないわけじゃないんですけど。どっちかといえばドラマとか、美味《おい》しい食べ物とか、寝ることとかのほうが好きです」

「ようするにあんまり興味ないってことだろ」

「まあ。そう、なんですかね」

同僚がオリンピックの話題で盛り上がっていても、その内容はほとんど覚えていない。やっぱり興味がないのかもしれない。

「昨日は川崎が観戦に行ったんだろ。あいつ、あまりその話をしたがらないみたいだが」

「あ。ええ。成瀬くんが一緒だったから」

潤を誘ってみればいいと、成瀬をけしかけたのは木乃美自身だ。だが、まさか潤が誘いに応じるとは考えてもみなかった。木乃美の知らないうちに、二人の距離は少しずつ縮まっているのかもしれない。

「鈴木から聞いた話だが、川崎のことでネット界隈《かいわい》がざわついてるみたいだぞ」

「どういうことですか？」

いっきに眠気が吹き飛んだ。

「おれもよくはわからないが、あいつら、バックネット裏で観戦していたから、テレビ中継でもずっと顔が映ってたんだ。それで、成瀬博己の隣にいる女は誰だって、ファンが騒ぎ出したらしい」

木乃美は急いでスマートフォンを取り出し、調べてみた。

まず目に飛び込んできたのは、水泳女子の四×一〇〇メドレーリレーで日本チームが金メダルを獲得したというニュースだった。体操男子種目別ゆかでも金メダル、女子種目別跳馬でも銀メダルを獲得しており、このペースで行けば閉会式までの残り一週間で、史上最多のメダルを獲得したリオ五輪の記録を超えるだろうという展望が示されている。

その後もしばらくネットで検索を続けていると「本当だ」総毛立つ感覚に襲われた。

テレビ中継の画面を切り抜いたような画像を貼りつけているサイトもある。バックネット裏に陣取っているのは、間違いなく成瀬と潤だ。親しげに話しかける成瀬にたいし、潤が目を合わせようともせずに試合に集中しているように見えるのが、不幸中の幸いか。

「成瀬くんの事務所は、スタッフが同行したという釈明をしているみたいです」

山羽がふっ、と笑う。

「事務所のスタッフ、か。あいつのつれない態度を見たら、そう受け取れなくもない。それにしても女の子と二人で野球観戦にも行けないなんて、有名人ってのはつくづく大変だな」

「そうですね」

つねにキャップとサングラス、マスクという変装を大げさだ、自意識過剰だと決めつけていたが、あながちやりすぎでもないらしい。

「どうするんだろ。潤」

どうしようもないだろうけど。

「どうするんだろうな。好きにすればいいと思うが」

山羽はさして関心もなさそうに頭の後ろで両手を重ね、シートに倒れ込む。

「しかしあれだな。天田選手の白バイ愛はすごいな。このところ試合で大活躍してるのも、もしかしたらうちの分駐所を見学に来たい一心からじゃないか」

「でも、もともとすごい人なんでしょう」

「そりゃすごいよ。横浜が日本に、いや、世界に誇る大打者だ。たぶん今オフにはポスティングでメジャーに移籍するだろう。あ、メジャーってのはアメリカのプロ野球のことな。イチローとかダルビッシュとか」

「それぐらいはわかります」

だが天田がそれほどすごい選手だとは知らなかった。練習を見学させてもらったのは、つくづく貴重な経験だったのだろう。どうしておまえみたいな野球音痴がと、野球ファンなら歯噛《はが》みして悔しがるかもしれない。

「そうか。野球音痴でもさすがにそれぐらいはわかるか。とにかく、天田選手には頑張って欲しいな。うちとしてはメダルなんか獲らなくても大歓迎だが、自分に厳しい人みたいだったから、メダルを獲らないと遊びに来ないだろうな」

「そうですね」

途中で話しかけてきた崎本という選手は少しチャラい印象だったが、天田はストイックな感じだった。

「ぜひメダルを獲って、大手を振って遊びに来て欲しいよ、元口のためにも」

「そういえば元口さん。元気にしてますか」

自宅待機になって以来、元口には会えていない。励ましのメッセージを送ってみたが、既読にはなったものの返信はなかった。ほかの隊員も同じらしい。

「さあな。あいつが自宅待機になってすぐのときに電話で話しただけだから、なんとも言えない。そのときにはケロッとしたものだったが、あれはあいつなりの気遣いだろう。落ち込まないはずがない」

「ですよね」

きっといつもの軽い調子で「ぜんぜん平気ですよ。むしろ久しぶりにまとまった休みがもらえてありがたいです」などと応じたのだろう。その様子が容易に想像できるだけに、胸が痛む。平気なわけがない。

「元口さん。どうなっちゃうんでしょう」

うん、と山羽が言葉を選ぶような沈黙を挟む。

「あいつに理不尽な処分が下ることのないよう、なんとかしようとは思っている。分隊長も頑張ってくれている」

現場の隊員たちを統率する山羽の上には、分隊長の吉村賢次《よしむらけんじ》巡査部長がいる。分隊長は現場には出ず、隊員たちが取り締まりに出ている間、留守を預かっている。

その吉村が、ここ数日は頻繁に分駐所を空けて外出していた。元口を守るために幹部連中と折衝を続けているようだ。いつも温厚で亡くなった祖父を思い出させるたたずまいの吉村が、本部から戻ってきた後は話しかけるのもはばかられるほどカリカリしている。吉村も山羽も全力を尽くしてくれている。いまなにかの結論を出せというのは、酷なのかもしれない。

「あと、塚本さんのことですけど」

警視庁の公安部員から接触があり、捜査協力要請されたという報告はしていた。吉村のほうから、警視庁に問い合わせてくれるという話だった。

「その話な。どうやら偽刑事ではない。塚本拓海という名前の人間が、公安部に所属しているのは間違いない。だがそれ以上の情報はない。テロ警戒のために北海道警と連携しているという事実はあるようだが、横浜でのテロ警戒を行っているかという問い合わせについての明確な返答はなかった。おれも公安についてはよくわからんが、どうやら塚本っていうのは一匹狼《おおかみ》のようだな。協調性がなくて浮き上がっているのか、自ら望んでそうなっているのかは知らないが」

木乃美は、塚本の爽やかな笑顔を思い出す。組織で浮き上がるタイプの人間には、とても見えなかった。

「私は塚本さんに協力し続けても、大丈夫ですか」

ううん、と考え込む間があった。

「正直なところ、あまり気乗りはしない。警視庁の公安部員というのは間違いなさそうだが、得体の知れない相手に協力して、危ないことに巻き込まれやしないかという懸念《けねん》はある。だが塚本という男のもたらした情報が事実ならば、今後大きなテロが発生する恐れがある。本田が協力することで、次なるテロを防げるかもしれないし、元口の追跡にも問題がなかったという証明ができるかもしれない。そう考えれば、おれの立場では黙認するしかない。たしかにおまえの動体視力があれば、首筋にタトゥーを入れたテロ組織の一員を発見できるかもしれないしな」

「わかりました。極力通常業務に支障の出ないようにつとめます」

「すまない。頼りない返事しかできなくて」

「いえ。そんなことありません」

木乃美がぶんぶんと顔を横に振ったそのとき、目の前を猛スピードで横切る車があった。真っ赤なポルシェ911。こちら側の信号は青。つまりポルシェから見たら赤のはずだ。

「行くか」

「はいっ」

山羽がシートを起こし、木乃美はギアをドライブに入れる。

木乃美がアクセルを踏み込むのと、山羽が赤色回転灯のスイッチを押し、格納式のランプが点灯するのは、ほぼ同時だった。

サイレンを吹鳴させ、左右から車両が近づいていないのを確認してから、丁字路を右折する。

ポルシェのテールランプははるか前方だ。

アクセルをべた踏みし、追跡を開始する。化け物級のエンジンを積んでいても、ドライビングテクニックが追いつかないのだろう。カーブごとにポルシェが近づいてくる。

「ありゃ飲酒してるな。たまにふらついてやがる。事故るぞ」

前方のポルシェに目を細めながら、山羽があきれたように言う。

「ポルシェの運転手さん。左に寄せて止まってください」

山羽の拡声による呼びかけも無視された。

ふいに、ポルシェのテールランプが遠ざかった。

「おい、本田。なにやってる」

「すみません！」

ぐっ、と上体を前傾させるようにして、アクセルを踏み込んだ。

だが速度は上がらない。

ポルシェはどんどん遠ざかっていく。

「なにやってんだ！　あんな素人に離されるな！」

山羽の口調にわずかな苛立ちが混じった。

わかっている。二輪が本職とはいえ、交通機動隊員だ。公道のプロだ。相手がポルシェであろうと負けはしない。あれほど無駄の多い、危なっかしい走りをするドライバーに引き離されるなんて。

ましてや撒かれるなんて、あるわけが――。

全体重をアクセルペダルに載せようとしたが、どういうわけか身体が硬直して言うことを聞かない。

なんで。なんで……！

「なんでっ！」

ようやくアクセルペダルをべた踏みすることができた。

が、その瞬間、「待て！　本田！」と山羽が隣からハンドルをつかむ。

木乃美の覆面パトカーは交差点に進入しようとしていた。そしてその交差点には、右側から大型トラックも入ってきたところだった。大型トラックのドライバーは、サイレンの音に注意を払っていなかったようだ。

木乃美はとっさにハンドルを左に切り、ブレーキを踏んでいた。タイヤがロックし、視界が猛スピードで回転する。悲鳴のようなスキール音が響く。覆面パトカーは回転しながら交差点に進入していく。

大型トラックが近づいてくる。大型トラックのクラクションが聞こえる。激しく回転しながらそれを聞くので、全方向から音に包まれているように錯覚する。

大型トラックの運転席が見えた。一回転するごとに、大きくなってくる。運転席がはっきりと見えるようになる。大きく目を見開いたドライバーの表情まではっきりと確認できる。四十代半ばぐらいの、眉の太い無骨そうな顔だ。

もう、ダメだ……！

そう思ってぎゅっと目を閉じる。衝撃にそなえて歯を食いしばる。

だが、衝撃はない。

回転は止まり、車は停止している。クラクションの音が遠ざかっていく。

目を開く。

覆面パトカーは交差点に背を向けるようにして、道路にたいして斜めに停車していた。

助かった？

そう思った瞬間、隣で山羽が大きく息を吐いた。

「マジで死んだかと思った。おまえ、なにやってるんだ。サイレン鳴らしてるからって、誰もが道を譲ってくれるわけじゃないんだぞ」

「すみません」

まだ自分の心臓の音が聞こえていたが、木乃美は覆面パトカーを切り返して方向転換し、路肩に寄せた。

しばらく二人で呆然と夜の道路を見つめた。

やがて山羽が言いにくそうに後頭部をかく。

「本田。おまえ、違反車両を追い詰めるのが怖くなったのか」

木乃美はハンドルに巻きついていた指を剝がした。指の腹がじっとりと汗ばんでいた。

「すみません」

怖かった。逃走する違反車を追い詰めるのは、いまの木乃美の技術をもってすれば、多くの場合難しいことではなくなった。白バイや覆面パトカーを、体の一部のように扱うことができる。だが警察の追跡から逃れる違反車両のドライバー・ライダーにとっては、そうではないのだ。自分の技量の限界を超えたスピードで逃げ回ることになる。それは紛れもなく命のやりとりだ。暴走する車両は誰かの命を奪うかもしれない、自分の命をも奪うかもしれないモンスターだ。なのに違反者にはその自覚などない。ちょっとした操作ミスが取り返しのつかない事態を招くなどとは考えもせずに、軽い気持ちでアクセルを開く。

怖いのだ。自分が追い詰めた結果、違反者が一線を越えてしまうことが。

「謝ることじゃない。あんな現場を目撃してしまったら、そうなるのも無理はない」

山羽は唇を曲げた。

「本田」

「はい」

「おまえ、まだ走りたいか」

木乃美は助手席に顔を向けた。

山羽が真っ直ぐにこちらを見つめ、もう一度訊ねてきた。

「まだ走りたい気持ちはあるのか。この前の事故現場を見て、わかったはずだ。おれたちが扱っているのは、容易に人の命を奪うことのできる怪物だ。走る凶器だ。頭ではわかっていても、体感したのはこの前の事故現場が初めてだったってことだよな。それでもまだ走りたい。そう思えているのか」

まだ走りたいのか。木乃美は自問した。

そして答えた。

「はい。走りたいです」

だが、できない。好きだからこそ、思うようにならないのが歯がゆいし、悔しい。涙があふれそうになるのを、奥歯を噛み締めて堪《こら》えた。

泣けない。こんなところで、負けは認めない。

じっと木乃美の目を見つめていた山羽が、ふいにシートを倒し、頭の後ろで手を組んで寝転んだ。

「なら、いい」

「へっ？」

「まだ走りたいんだろ。なら、いいよ。いまは恐怖心が残っているかもしれないけれど、他人になにができるわけでもないから、自分で克服しろ」

「は、はあ……」

「それまで何人も違反者を取り逃がすかもしれないが、それはまあ、しょうがないだろ。おまえの成績が下がるだけだし」

拍子抜けした。てっきり、しばらく休めとかプロ失格だとか、そんな言葉をかけられると覚悟していた。

「ただし、走りたくなくなったらすぐに言うんだ。警察にはいろんな仕事があるんだから、嫌々走り続ける必要なんてない」

「わ、わかりました」

うん、それならいい。そう言って、山羽は虚空にため息を吐く。

「あー、でもいまのは見事にやられたな。速度違反だけじゃなくて、飲酒もしてたぞありゃ。っていうか、たぶん飲酒がバレるのを恐れて、制止を振り切って逃げたんだ。おまえ、ナンバー読み取れてたりしない……よな?」

「すみません」

そこまで近づくことすらできなかった。あらためて自分が情けない。

「ただ、誰が運転してたのかは、確認しました」

「どういうことだ」

山羽が上体を起こす。

「違反車両が目の前を横切るときに、ドライバーの顔が見えたんです」

「見えたって、見えたところで……って、えっ?」

山羽が驚きに目を見開く。木乃美の言わんとすることを察したらしい。

木乃美は頷いた。

「ドライバーは、私の知っている人です」

4

ドアチャイムを鳴らし、しばらく待ってみた。

反応はない。

「在室はしてるんですよね」

山羽に確認され、中年の男が肩をすくめる。たしか鳥原《とりはら》とかいう名前だったか。チームの広報担当者らしい。

「さあ。大事な試合を控えていますし、さすがに在室はしてると思いますが」

しゃべりながら口を尖らせる様子が、名前の通り鳥みたいだなと、木乃美は場違いなことを思った。深夜に叩き起こされたせいか、ランニングシャツの上にジャケットを羽織った奇妙な服装で、髪の毛はマンガのキャラクターのように跳ね上がっている。

「鳥原さん。合鍵を持ってますよね」

そう言ったのは、天田だった。部屋で休んでいた姿のまま出てきたらしく、素肌にガウンを羽織っていた。ガウンの合わせ目からたくましい胸板が覗いていて、目のやり場に困る。

「あ、あるにはあるけど、でも……」

「鍵を開けて入りましょう」

「しかし、天田くん。そんなことをしたら……」

「そんなことを言ってる場合ですか！　僕らはプロ野球選手である前に、いち社会人なんです！　社会人としてのルールを逸脱してしまったら、罰を受けるのは当然なんです！」

鳥原がビクッと両肩を跳ね上げる。

それでもしばらく渋っている様子だったが、やがておずおずとカードキーを取り出した。

天田がそれを奪い、スロットに差し込む。

赤いランプが点灯し、それが青いランプに替わる。

天田がレバーハンドルを握り、ゆっくりと扉を押し開けた。内側からロックされてはいないようだ。扉は抵抗なく開いた。

部屋の中からいびきが聞こえてきた。

その瞬間に最悪の事態を確信したらしく、天田の後ろ姿の肩ががくっと落ちる。

木乃美からは天田の肩越しに、脱ぎ散らかされた衣類が見えた。

天田に続き、鳥原、山羽、木乃美も入室する。

広っ——木乃美は思ったが、はしゃぐわけにもいかない状況なので口を噤む。

「広いな」だが山羽は遠慮する素振りもなく、物珍しげに部屋を見回していた。

寝具が見当たらないので、ここととは別に寝室があるということなのだろう。

みなとみらい地区にある高級ホテルのスイートルームだった。野球日本代表の選手たちは、全員がこのホテルに泊まっているらしい。

もっとも、スイートルームを要求したのは一名だけらしいが。

「崎本さん」

部屋の主の名を呼ぶ天田は、足音からも怒りが伝わってくるようだった。

木乃美が信号無視を現認したポルシェのドライバーは、崎本だった。潤から成瀬経由で天田に連絡を取り、崎本の所在を確認したい旨を伝えた。天田はすぐに広報担当者に用件を伝え、日本代表選手の宿泊先であるホテルに呼んでくれた。

すでに地下駐車場で、崎本の愛車が赤のポルシェ９１１であることを確認している。あとは崎本にアルコール検査を行うだけだ。

天田は寝室につながっていると思われる扉のほうには向かわず、大型液晶テレビの前に設置されたソファーのほうに歩いていく。

そこには腕が見えていた。筋肉質な腕が、ソファーの背面クッションを抱くようにしている。いびきはそこから聞こえていたし、そこに至る足跡のように衣類が落ちていた。

「崎本さん。起きてください」

天田がソファーに横たわる男の肩を、乱暴に揺さぶる。

「ん……なんだよ」

「酒を飲んでますよね。酒を飲んで、車を運転しましたね」

「頭が痛いんだ。やめろ」

崎本は手を振って抵抗していたが、やがてソファーから転げ落ちた。

そのとき、木乃美からは初めて崎本の全身が見えた。パンツ一丁で眠っていたようだ。

「いって……」

崎本は自分の頭を押さえているが、天田は容赦しない。

「酒飲んでますよね。それはかまわない。二日酔いになろうが、成績を残せなかろうが自己責任です。でも、なんで代行呼ばなかったんですか」

「うるっせえな。おまえなんだよ。ちょっと成績良いからって調子に乗ってるんじゃないぞ」

「調子に乗ってるつもりはありません」

「どうせおれは国内専用機だよ。国際試合じゃ通用しねえよ。メジャーからもお声がかからない。今回のオリンピックでそのことがよくわかったよ」

「それが原因ですか。そんなことが原因で酒を飲んだんですか」

「おまえにはわからない。チャンスで進塁打も打てなかった先輩のミスを帳消しにするホームランをかっ飛ばして、涼しい顔してるような天才には。たびたび尻拭いされてみじめな気持ちになる先輩の気持ちは。みんなおれじゃなくて、おまえに期待してるんだ。おれにはフォアボールでもエラーでもいいからとにかく天田に回せって、それしか期待されてないんだ」

「質問に答えてくれ」

「なんだよ。先輩に向かってなんだその口の利き方は」

声を荒らげる崎本の両肩を、天田がつかむ。

「酒を飲んだんですか。酒を飲んで、車を運転したんですか。それだけ答えてください」

「うるっせえんだよ！」

天田が吹っ飛んだ。崎本に腹を蹴飛ばされたのだ。

「なんなんだよ、おめえは！　こんな時間に人の部屋にずけずけ入ってきやがって！」

「酒飲んで車運転したんですか」

痛そうに腹を押さえて上体を起こしながら、なおも天田は訊いた。

「だったらなんなんだよ！　さっさと出てけや！　寝かせろや！　今日も試合あんだからよ！」

天田がかぶりを振る。

「ダメです。飲酒運転をした崎本さんを、試合に出すわけにはいきません。代表を辞退してください」

言っちゃった、という感じに、鳥原が天を仰ぐ。

「なに言ってんだ、おめえは！　なんでおめえにそんなこと決められなきゃならないんだ！　おめえは監督か！　それとも警察か！　白バイと仲良くして、警察ごっこでもしたくなったのか！」

「違います」

そう言う天田の眼差《まなざ》しには、悲壮感があふれていた。

「ごっこじゃなくて、本物なんです」

山羽の発言に、崎本がぎょっとして振り向く。そのときに初めて、天田以外の人間が部屋にいることに気づいたようだった。

山羽はにこやかに続けた。

「先日はどうも。いや、先ほどはどうも、かな。あ、さっきのこと、覚えていらっしゃいます？　もしかしたらお忘れかもしれませんね。かなり酔っ払ってらっしゃったご様子でしたし」

崎本はいっきに酔いが覚めたようだった。顔から血の気が引いていくのが、傍目《はため》にもわかった。

「な、なんのことだか」

「我々の目の前で信号無視をされましたよね。取り締まりのために追跡しましたが、かなりの速度を出されていたようで、逃げられてしまいました。速度違反については、計測できていないので不問にするしかないのですが、信号無視は現認していますし、飲酒のほうも、しっかり取り締まらせていただきたいと思います」

山羽に目で合図された。

木乃美は持参したボックスからアルコール検知キットを取り出し、崎本に歩み寄る。

「ストローを思い切り吹いてください」

ストローを挿したビニール袋を差し出した。

「いや。え、と……」

崎本が救いを求めるような目で周囲を見回す。

「鳥原さん。なんとかしてくれよ」

鳥原は身体の前で手を重ね、沈痛な面持ちでかぶりを振った。

「さすがにもう……検査を受けてください」

ハシゴを外されて、崎本が愕然《がくぜん》とした表情をする。

「おれ、酒なんか飲んでないし」

「それなら検査を受けてください」

天田がきっぱりと言う。

「いや……」しばらく考えるような間があって、方針を転換することにしたらしい。

「酒は飲んだけど、この部屋で飲んだだけだ。車は運転していない」

「崎本さんが飲みに出かけるところ、おれ、見てました。部屋では飲んでないはずです。だいたい、部屋で飲んだって言うわりに、ボトルとか缶とかグラスとか、まったくないじゃないですか」

天田は広いリビングを見回した。

散乱しているのは衣類だけだ。酒を飲んだような痕跡はない。

「出かけようと思ったんだけど、やめた。ボトルやグラスは片付けた」

「服を脱ぎ散らかしてソファーで寝てるような人が、グラスだけは片付けたっていうんですか」

「そうだよ。悪いか」

「信号無視をしたポルシェについては、覆面パトカーの車載カメラや付近の防犯カメラの映像等から車両を特定できるかもしれません。とくにこのみなとみらい地区には、数多くの防犯カメラが設置されていますので」

山羽が言い、天田が諭す口調になる。

「崎本さん。もう諦めてください。おとなしくアルコール検査を受けましょう。そのストローを吹くんです」

「おっ、おまえな。後輩のくせに生意気なことを言ってんじゃないぞ」

「後輩も先輩も関係ありません。スポーツだって選手がルールを守らないと成立しないように、交通ルールを無視したら社会が成り立たなくなるんです」

「いまおれがいなくなったら、チームはどうなる。今晩はノックアウトステージ初戦だぞ。相手の技量もモチベーションも、オープニングラウンドとは比べものにならない。そんな相手に、おれ抜きで勝てると思ってるのか。なあ、そうだろ？　鳥原さん」

話を振られた鳥原が、気まずそうに視線を逸らす。

「いい加減にしてください」天田が語気を強めた。

「グラウンドに立つ資格があるのは、ルールを守った者だけです。いくらすぐれた技術を持っていても、社会のルールを無視する人間に、グラウンドに立つ資格はありません。崎本さんがいなくなったら、残ったメンバーでなんとかするだけです」

「負ける。言っておくが、おれ抜きの代表じゃぜったいに負ける」

「わかってませんね。飲酒運転なんかする人には、そもそも日の丸を背負う資格がないんです」

後輩に突き放されて、崎本が呆然とする。

その後、崎本は渋々検査に応じた。結果は、一リットル中のアルコール濃度〇・三ミリグラム。二十五点の減点、即免許取り消しになる、高いアルコール濃度だ。

違反切符の交付手続きを終え、部屋を出る。

エレベーターまで送りますと、天田が廊下をついてきた。

「今日はどうもありがとうございました。大事な試合の日だというのに、こんな時間まで」

木乃美は歩きながら礼を言った。すでに午前三時近い。リラックスした格好から考えても、成瀬から連絡が行ったとき、天田は休んでいたはずだ。

「いえ。こちらこそチームメイトがご迷惑をおかけしました。申し訳ありません」

「本当に公表なさるんですか」

山羽が訊ねる。

「ええ。そのつもりです。広報が事実を伏せようものなら、僕がＳＮＳで公にしてやります」

天田は崎本にたいし、明日にでも記者会見を開くよう要請していた。崎本と鳥原は曖昧な返事に終始していたので、どうなるのかはわからない。

「明日……いや、もう今日か。今日は大事な一戦を控えていますよね。というか、これからの日程で大事じゃない試合なんてない。でもそれもせいぜいあと一週間です。公表を遅らせればベストメンバーで――」

山羽の話の途中から、天田はかぶりを振っていた。

「それはできません。やってはいけないんです。たしかに交通違反は凶悪犯罪ではないし、野球とも関係がない。けれども五輪期間中に五輪に参加している選手が、交通違反をしたんです。信号無視をし、速度違反をし、飲酒運転をした。どれか一つでも、事故を起こし、人命を奪いかねない危険な行為です。なにも起こらなかったのはただ幸運なだけです。スポーツ選手が品行方正で人格的に模範であるべきとまでは言いませんが、その影響力を無視するわけにはいきません。今回の件は遅かれ早かれ、公になります。崎本さんの力が必要だからと言って公表を遅らせてメダルを獲ったとしても、その後今回の件を知ったら、ファンはどう思うでしょうか。懸命に応援した時間を返せと思うんじゃないでしょうか。そうなれば、せっかく獲ったメダルに泥を塗る結果になる。行動には結果が伴います。崎本さんは尊敬する先輩ですが、今回は過ちを犯した。その責任は負わなければならない」

話を聞き終えた山羽が、軽く口角を持ち上げた。

「わかりました」

「とか強がってはみても、実際痛いですけどね、チームから崎本さんが抜けるのは。たしかに打撃不振に陥っていましたが、あの人の守備は、いまの代表チームには欠かせない。僕はあの人と二遊間を組んでいて、息もぴったり合っていただけに、いなくなるのは本当につらい。もしもこれでメダルを逃す結果になったら、チームメイトには恨まれるかもしれないな」

天田は自分の頭を撫でながら、本当に痛そうな顔をした。

しかし次の瞬間には、決意を秘めた表情になる。

「でも、頑張ります。足りないものを嘆いてもしょうがない。いくら練習しても、いくら準備しても、完璧な状態で試合に臨めることなんてないんですから。不測の事態は起こる。だからって試合を放棄するなんて選択肢は、僕にはないんです。いまいるメンバーで、いまできることを探して、全力を尽くす。そうすれば結果は自《おの》ずとついてきます。そう信じるしかない」

「ががが、頑張ってください！」

いきなり熱っぽく励ましてきた木乃美に、天田は面食らったようだった。

「ありがとうございます」

「応援してます。野球のことはよくわからなかったけど、いまの天田選手のお話を聞いて、すごく……すごくすごく胸を打たれました。私、天田選手のファンになりました。ぜったいにメダルを獲ってください。メダルを獲って、ぜひ分駐所に遊びに来てください」

「はい。わかりました。頑張ります」

ぎこちなく笑った天田が、困惑の眼差しで山羽を見た。

「こういうやつなんです」

山羽は愉快そうに木乃美を顎でしゃくった。

5

木乃美は無線交信ボタンを押した。

「交機七八から神奈川本部。一時停止義務違反を取り締まろうとしたところ、逃走した二輪車を追跡中。当該車両は十日市場《とおかいちば》近くの環状四号線を瀬谷《せや》方面に走行中。車種は不明。青いスポーツタイプ。応援願いたい」

『神奈川本部了解。傍受の通り。付近最寄りのＰＣにあっては、交機七八に集中運用のこと。以上、神奈川本部』

逃走車両の走行速度は時速八〇キロ弱ぐらいだろうか。一時停止義務違反に加え、速度違反も犯している。だが一〇〇メートル近く離されているので速度計測には移れない。

スロットルを開こうとしたが、やはり手首は固まって動かなかった。だが、もう焦らない。見失わない程度の距離を保ちながら、逃走車両についていく。

ほどなく、無線から鈴木の声が聞こえてきた。

『交機七九から交機七八。いまどこらへんですか』

「交機七八から交機七九。環状四号線から〈霧《きり》が丘《おか》二丁目〉の交差点を左折。若葉《わかば》台《だい》団地のほうに向かってる」

『了解。あと五分で追いつけると思うんで、見失わないでください』

「ありがとう」

それからしばらく追跡してみたが、どうしても距離を詰めることができない。道幅の狭い住宅街を逃げ回られ、ついに逃走車両の姿を見失ってしまった。

そのとき、潤から無線が入った。

『交機七四から交機七八。交信聞いてたけど、逃走車両は青のスポーツタイプって言った？』

「うん。そう」

『近くまで来てるんだけど、ホンダNSR250Rのエンジン音が聞こえる。ここから聞いた感じだと、おそらく今宿南《いまじゅくみなみ》郵便局のあたりじゃないかと思うんだけど。そのあたりを東に……あ、いま右に曲がった。おそらく、ニュータウン通りの突き当たり、〈ニュータウン第二〉の丁字路あたりで待ち伏せてれば、出てくるんじゃないかな』

「わかった。行ってみる」

潤の指定した場所に行き、ニュータウン通りを見つめる。

すると本当に青いバイクが走ってきた。

「青いバイクのライダーさん、止まってください」

拡声で呼びかける。

逃げ切ったつもりだったのだろう。逃走車両のライダーはぎょっとしたように頭を動かした。

だが、木乃美の指示には従わない。一度は撒いた相手だと侮っているのか。

ふたたび追跡劇が開始された。

ライディングテクニックでは負けないし、距離が離されることはない。

しかし先ほどの経験から学んだのか、逃走車両がふたたび住宅街に逃げ込んだ。

まずいな――と思ったそのとき、無線から鈴木の声が聞こえた。

『邪魔なんでどいてくれます?』

ふとバックミラーに目をやると、すぐ後ろに鈴木の白バイがつけていた。

「頼んだ!」

『はいはい!　お任せを!』

木乃美が左に寄せ、鈴木があっという間に追い抜いていく。

それから逃走車両を停止させたという連絡が入るまで、二分もかからなかった。

無線の報告をもとに、鈴木がいる場所までバイクを走らせる。

鈴木のＣＢ１３００Ｐと、その向こう側に青いバイクが止まっていた。袋小路の路地に追い込んだようで、道が途絶えてその先は階段になっている。

潤の言った通り、近くで見るとそれがホンダＮＳＲ２５０Ｒだとわかった。ライダーはすでにシートから降りてヘルメットを脱いでいる。二十代半ばぐらいの坊主頭の男だった。

「お疲れっす」

木乃美がバイクを降りていくと、鈴木が振り向きながら手を上げた。

「一時停止義務違反はこのバイクで間違いないっすか？」

「うん。白いヘルメットと紫のスカジャン。間違いない」

いいんだ、これで。

いまできることを探して、全力を尽くす。

そうすれば、自ずと結果はついてくる。

天田の言葉を聞いて、木乃美は目の前がぱっと開けた。一人で悩んでいても活路は見出《みいだ》せないのだ。

自分の抱えている問題を打ち明け、相談すると、潤や鈴木がフォローすると申し出てくれた。これまでできていたことができなくなったいまの状況には、忸怩《じくじ》たる思いがある。けれど試合を放棄することはできない。意地になって一人で対応しようとして、違反者を取り逃がし続けるわけにもいかなかった。いま自分にできるベストなことを探すしかない。

天田の希望通り、崎本の飲酒運転はその日の朝に公表された。当然、マスコミによって大きく報じられ、代表チーム全体をバッシングする声もあったようだが、迅速な対応への評価、無責任な飲酒運転に及んだ崎本個人への非難、そして、大事な時期に主軸抜きで戦うことになった代表チームへの同情のほうが支配的だったようだ。

崎本抜きでノックアウトステージ初戦に臨んだ日本代表チームは七回まで三点を追う苦しい展開だったが、下位打線から起死回生の五連続タイムリーなどで逆転、そのまま勝利するかと思われたが、ショートのエラーから再逆転を許し、敗戦した。くしくも正遊撃手・崎本の不在が敗北を招くことになったかたちだ。

敗者復活に望みをつないでいるものの、もう後はない。

「大丈夫だったか」

潤の白バイがやってきた。

「平気っすよ。おれを誰だと思ってんすか。任せてください」

鈴木がしっ、しっ、と手で追い払うしぐさをする。

「鈴木だから不安なんじゃないか」

「なに言ってんすか」

鈴木は鼻に皺を寄せ、違反者のほうにくいくいと手招きをした。

「免許。出して」

坊主頭の男はそわそわとカーゴパンツの太腿《ふともも》のあたりを擦《さす》りながら、視線を泳がせている。

「まさか免許不携帯か」

「いや。そういうわけじゃ……」

男は財布でも探すかのようにポケットを探っている。

「おいおい。なにやってんだ。本当に免許携帯してんだろうな」

「ありますよ。たしかにここに……」

そのとき、階段のほうから若い女が現れた。

「すみません。ちょっと危ないんで——」

引き返してもらえますか。鈴木は女にそう忠告しようとしたのかもしれない。

だがその前に男が動いた。

女を背後から抱きすくめたのだ。

「おいっ！」

止めに入ろうとした鈴木の足は、しかしすぐに止まった。

男がナイフのようなものの刃先を、女の首にあてていたからだった。

「嘘……」

なんで？　木乃美は硬直してしまう。

「なにやってんだ！」

潤がバイクから降りた。

「来るな！」

男は叫んだ。

「なにやってんだ。たかが一時停止義務違反だろ？　そんなことしたらマジもんの犯罪じゃ——」

「こいつを殺すぞ！」

「わかったわかった！　落ち着け。な？　落ち着け」

鈴木が両手を広げる。

「全員、エンジン切って鍵抜け。そんで鍵をこっちに投げろ」

どうする？　木乃美は鈴木、潤と視線を交わした。

「殺すぞ！」

男が刃物の切っ先を女の首にあてる。

女が叫んだ。

「言う通りにして！　殺される！」

まず潤が鍵を抜き、鍵を男のほうに投げる。

続いて木乃美、鈴木も同じことをした。

「拾え」

男は女を羽交い締めにしたまま、中腰になった。女に鍵を拾わせ、女から鍵を受け取る。

そしてそれを階段の下に放り投げた。

「ついてくるなよ」

女の首筋に刃物をあてたまま、階段をおりていく。

足を踏み出そうとする鈴木に、ふたたび「ついてきたら殺すぞ」と牽制《けんせい》し、二人の姿は見えなくなった。

と同時に、三人は地面を蹴った。

覗き込むと、男が女の首を腕で抱いたまま、階段をおりていた。

「ヤバいっすよ。これ、どうするんですか」

鈴木は真っ青になっている。

木乃美は白バイの鍵がどこに落ちているかを探した、三十段ほどの階段の、ちょうど真ん中あたりにきらりと光るものが見える。

どうする？　あの二人の姿が見えなくなると同時に、階段を駆けおりて鍵を拾い、階段を駆けのぼってバイクのエンジンを始動させ、追跡する？　それで間に合うだろうか。それともバイクと徒歩、手分けして追跡する？

数秒の間にさまざまな可能性が脳裏を駆け巡る。

すると突然、潤が階段を駆けおり始めた。

「川崎先輩！」

「潤！」

鈴木と木乃美は思わず声を上げた。

そんなに強引な手段に訴えたら、人質の身が……。

「来るな！　殺すぞ！」

男が警告する。

ところが次の瞬間、思いがけないことが起こった。

男が女を解放したのだ。それだけではない。二人で階段を駆けおり始めた。

「えっ……？」

意味がわからない。鈴木も怪訝そうに階段を見下ろしている。

そんな中で、潤だけが猛然と階段を駆けおりていた。

階段の下には、オートバイが停車していた。エンジンをかけたままらしく、トルク音を響かせながら車体を小刻みに揺らしている。

もしかして……女はグル？

潤はそのことに気づいたのか。

こうしてはいられない。木乃美も階段を駆けおり始めた。

すでに男と女は階段をおり、オートバイのシートに跨がろうとしている。潤はあと三メートルほどで階段の下に着く。

女がハンドルを握り、男が女の腰に腕を巻きつける。

あと何段かを残して、潤が跳ぶ。

バイクが走り始める。

潤が雄叫《おたけ》びとともにオートバイのライダーに体当たりする。

かに思えたが、わずかにタイミングが遅かったようだ。

オートバイは走り去り、潤はなにもなくなった地面を転がる。

木乃美は階段を踏み外しそうになりながらも、素早く脚を回転させて階段を駆けおりる。

そして階段をおり切ったとき、「潤！」と叫んでいた。

左から乗用車が近づいていたのだ。

潤は受け身を取ってようやく立ち上がったところだ。乗用車の接近には気づいていない。

木乃美は反射的に地面を蹴り、乗用車の前に飛び出した。

潤にタックルをし、道路の反対側に突き飛ばす。二人でもつれるようにして地面を転がり、ブロック塀にヘルメットの頭をぶつけて止まった。

急制動の音とともに、乗用車が停止する。

「大丈夫ですか？」

ドライバーが運転席からおりてきた。

鈴木も階段を駆けおりてきた。

まずは潤の無事をたしかめた。いきなり突き飛ばされて痛そうにしているが、大きな怪我はなさそうだ。

「大丈夫です。すみませんでした」

ドライバーに平謝りした。

「あいつらは？」

鈴木が駆け寄ってくる。

木乃美はタンデムのオートバイが走り去った方角を見た。もはや逃走車両の気配は跡形もなかった。

4th GEAR

1

置き去りにされた青いホンダＮＳＲ２５０Ｒを観察する塚本は、顎に手をあて、物憂げに目を細め、どこか美術品でも鑑賞するようなたたずまいだった。

しばらくそうした後で、口を開く。

「なるほどな。おそらくきみたちが捕らえ損ねたその坊主頭の男と、人質になったふりをして逃走の手助けをした女は、白石グループのメンバーだろう」

木乃美もそう思って、塚本をこの場に呼んだのだ。

きっかけはたかだか一時停止義務違反だ。納得するしないはともかく、あそこまで強引に逃走するほどではない。しかも男は、乗っていたバイクを置き去りにして逃げた。車両から身元を辿られる恐れはないということだろう。案の定、ナンバー照会をしてみたが、該当の車両登録はなかった。偽造だったのだ。

「坊主頭の男は、逃走の過程で白バイを撒くことは難しいと判断し、仲間に助けを求めたのだろう。仲間はスマートフォンのGPS機能などで男の現在地を把握し、男を助け出すタイミングをうかがっていた」

塚本が淡々と推理を披露し、鈴木が悔しそうに唇を歪める。

「袋小路に追い詰めたと思ったつもりだったけど、すべてはやつの思う壺《つぼ》だったんだ。畜生っ。ほんと申し訳ないです」

「言いたかないけど、あんたは悪くない。もしも私があんたと同じ立場でも、同じ失敗をした。相手が一枚上手《うわて》だった」

潤は珍しく鈴木をフォローした。

塚本が腕組みをし、渋い顔をする。

「しかし参ったな。こんなことがあったら、さすがに連中も警戒するようになる。よりいっそう、尻尾《しっぽ》をつかみにくくなるかもしれない」

「すみません」

「いや。いいんだ、鈴木くん。きみに非はない」

「白石グループの目的は、札幌でマラソンを開催させないことなんですよね」

潤が訊いた。

「ああ。そうだ。だから警視庁は連中が札幌でのテロを目論んでいると踏んで、北海道警と連携している」

「そうやって札幌に注意を引きつけておいて、横浜でテロを起こす」

木乃美の言葉に、鈴木が頷く。

「女子マラソンが最終日前日の八月八日、男子が最終日の八月九日開催。それ以前に大規模テロが発生すれば、札幌でのマラソン開催も阻むことができる」

「あのさ、もしかしてだけど、横浜でテロが起こるとすれば明日なんじゃないか」

潤が横目で全員を見ながら、慎重な口ぶりで言う。

「なんで?」

いきなりなにを言い出すんだ。木乃美の声は裏返った。

「かりにだよ。かりに、女子マラソンの開催を阻むとすれば、前日までにテロを起こす必要がある。マラソンのスタート時刻は早いからね」

「あ。たしかにそうだ」

鈴木が頰を固くする。

潤は続けた。

「いまは八月五日。そもそも最終日まであと四日しかないんだけど、女子マラソンの開催を阻むのなら、テロは七日までに起こす必要がある。けれど、今日から七日までに横浜で行われる競技は——」

鈴木が引き継ぐ。

「今日と明日の野球だけだ！　横浜では男子サッカーと野球の決勝戦が行われる予定だけど、どちらも八日の夜に日程が組まれている。そこでテロを起こしたのでは、札幌の女子マラソンに間に合わない。サッカーは決勝までは横浜以外の会場での開催だし、野球も明日の準決勝の翌日は休養日になっている。女子マラソン開催前に横浜でテロを起こすとすれば、今日か明日しかチャンスはない」

「え。じゃあ、今日かもしれないってこと？」

木乃美は急に焦ってきた。

「いや。今日ということはないんじゃないかな」

塚本が目を細めた。「可能性はゼロではない。けれど、この青いバイクの男が白石グループのメンバーだと考えれば、テロの決行当日に呑気にこんなところを走っていたことになる。連中がテロを起こそうと目論んでいる場所は、おそらくオリンピックの会場である横浜スタジアムの周辺だ。ここからはかなりの距離がある」

「塚本さん。もしかしてテロの決行日が明日だってわかってたんですか」

潤が怪訝そうに訊いた。

「ああ。おそらくそうだろうと思っていた」

塚本は涼しい顔だ。

「なのによくそんなに冷静でいられますね」

鈴木は信じられないという口ぶりだった。

「こういうときこそ、求められるのは冷静さだよ。それにかりにテロを防ぐことができなくとも、悪いのはおれじゃない。おれを冷遇した公安部の幹部連中だ」

潤は開いた口が塞がらない様子だ。

木乃美自身も、たぶん同じ顔をしているのだろう。

「ともかく時間がない。なにか手を打たないといけないが、万策尽きた感がある。今回はおれの負けかもしれないな」

まるでゲームを楽しんでいるかのような、そしてさして残念でもなさそうな、塚本の声音《こわね》だった。

「あの」木乃美は遠慮がちに手を上げた。

「なんだい。木乃美ちゃん」と塚本。

「なんだ。木乃美」

潤は少し気が立っている様子だ。

「この青いバイクの男は、逃走しながら仲間に助けを求めたんだよね」

「そうだろうね」

塚本は生徒に接する教師のような口ぶりだ。

「連絡は、スマホで行っていた」

「だろうな。最近は、ほかのスマホにGPSで位置情報を送れるアプリとかもあるし」

潤が言い、鈴木が顔をしかめる。

「浮気防止のために、こっそり恋人のスマホにインストールしたりするらしいですよ」

「鈴木くんも、やられたことがあるのかな?」

塚本は愉快そうだ。

「違います。そういう陰湿なことが嫌いなだけです」

「そういうことにしておこうか」

「本当ですって」

鈴木の恋愛事情になど関心はないという感じに、潤が話を戻す。

「で、それがどうしたんだ」

「あのライダーは持っていなかったのかな、スマホ。あの、横浜駅の近くで暴走したライダーは」と木乃美。

「持ってなかったと思います。もしもスマホを持ってたら、通信履歴とかメールのやりとりとかも解析できて、多少は身元特定の手がかりにもなっただろうけど、そういうのはいっさい見つかっていないみたいだし」

鈴木が顔を左右にかたむける。

「でもそれっておかしくない？　事故ったライダーは、白石グループの偵察部隊だったんですよね」

木乃美は塚本に確認した。

「ああ。おそらくはね」

「だとしたら、スマホぐらい持ってるのが普通じゃないかな。写真撮ったり、仲間に報告したりさ。げんにさっきの坊主頭のライダーは、スマホ持ってたんだよね。持ってたから、仲間に助けを求めることができた」

「たしかに木乃美の言う通りだ。偵察するのに手ぶらってのは考えにくい」

潤が言い、鈴木が口をへの字にする。

「でも事実持ってなかったんです。持ってたら交通捜査課が解析してるはずです」

「事故を起こしたときには、持っていなかったってだけでしょう」

木乃美の言葉に、潤があっ、という顔をする。

「そっか。途中で捨てた？」

そこまで言って、自分の意見が疑わしくなったように顔を歪めた。

「いや。でも元口さんがずっと追跡してたんだもんな。捨てたら気づくか」

「そうかな」

「どういうことだい。木乃美ちゃん」

塚本が興味深そうな上目遣いをした。

「元口さんは、逃走車両から一定の距離を保っていた」

「そうだ。走りが危険でいまにも事故を起こしそうだったから」

鈴木が虚空を見上げる。

「でも多少の距離を保っていたからって、ライダーがなにかを捨てたら気づくんじゃないの」

そういう潤に、木乃美は訊いた。

「潤。元口さんの無線の交信内容、覚えてる？　元口さんが逃走車を追跡しながら、なにを言っていたか」

「なにをって……」

「なんて言ってましたっけ」

潤と鈴木が考え込む。

「カウルの破片が飛び散ってる。いまもなにか破片が飛んだ」

背後から声がして、一同は振り向いた。

そこにいたのは山羽だった。

「班長」

鈴木に軽く頷き、塚本に自己紹介する。

「こいつらの上司の山羽といいます」

「警視庁公安部の塚本です。捜査協力をご快諾いただき、ありがとうございます」

山羽と塚本の間には、かすかな緊張感が漂っている。

鈴木が言った。

「そうそう。班長の言った通りだ。元口さんは逃走車がいろんなところにぶつかりながら走っているせいで、カウルの破片をまき散らしてるって言ってた。そのどさくさに紛れてスマホを投げ捨てたとしても、気づかなかったかもしれない」

「なるほどな。普段ならもうちょっと距離を詰めていたはずだから、捨てたのがなにかわかったかもしれない。けれど距離を保っていたせいではっきり見えていなかった可能性があるし、なにより、逃走車両はあちこちに接触してカウルの破片をまき散らしながら走っていた。スマホを捨てたのを、飛び散ったカウルの破片と見間違えたとしてもおかしくない」

潤も納得したようだ。

木乃美は塚本を見た。

「ライダーが捨てたスマホを見つければ、かなり大きな手がかりになりますよね」

「ああ。もちろん。通話履歴やメールのやりとりなどから、いろんなことがわかる。大きな手がかりだよ。けれど、暴走ライダーはかなり長い距離を走り回っていたんじゃないのかい」

「そうだ。あんだけ長い距離を走り回ったんだから、どこでスマホを捨てたのか特定できない」

潤が顔を横に振る。

「のんびり探してりゃいつか見つかるかもしれないけど、テロが起こるのは明日……時間がなさ過ぎる」

鈴木はがっくりと肩を落とした。

「いや」と木乃美は言った。

「どこに捨てたのかは、だいたい見当がつく」

その場にいた全員がはっとして木乃美を見る。

木乃美はそのすべての視線を受け止め、言った。

「大岡川」

「そういうことか」と潤が大きく目を見開く。

「あのライダー、逃走の過程で何度も大岡川を渡っていた。追い詰められて行ったり来たりしていただけかと思ったが、あれは川にスマホを投げ込むタイミングをうかがっていたってことか」

「そこらへんの道端に捨てたら、誰かが拾ってしまうかもしれない。警察が発見して解析する可能性もある」

川か、と鈴木が頷く。

「ライダーが大岡川を越えるときに渡った橋は、蒔田《まいた》橋、最戸《さいど》橋、鶴巻《つるまき》橋……」

山羽が記憶を辿る顔をする。

「スマホを捨てたのは、最後に渡った橋だと思います」木乃美は言った。

「だとしたら蒔田橋だ！」

鈴木が人差し指を立てた。

「そうだったな。やつが最後に渡ったのは蒔田橋だった。それまではぐるぐる逃げ回っている感じだったのに、蒔田橋を渡った後は、わりと真っ直ぐ横浜駅前の繁華街に向かっている」

山羽は自らが辿った道筋をなぞるように視線を動かす。

「あれは自分の身元につながる証拠を隠滅したからだったんだ」

潤はなかば呆然とした様子だ。

「だとしたらスマホさえ見つければ、元口さんに非がないことを証明できるんじゃないですか」

鈴木の興奮が、塚本にも少しだけ伝染したようだった。

「そうだろうね。そしてもちろん、テロを未然に防ぐことにもつながる。山羽さん。蒔田橋近辺の捜索をお願いしてもよろしいですか」

「わかりました。すぐに手配します」

山羽は力強く頷いた。

そして交通捜査課と捜査一課が連携して蒔田橋周辺を捜索した結果、川底からライダーが捨てたと思われるスマートフォンが発見されたのだった。

2

そこは中原街道のロードサイドにある、一見すると潰れたカラオケボックスだった。

全体を金網で囲われた敷地には、いくつかのプレハブ小屋と、広い駐車場。駐車場の出入り口にはチェーンがかけられているが、なぜか何台もの車やバイクが止まっている。プレハブ小屋のうち一つの窓には、目張りの隙間から灯《あか》りが漏れていた。

木乃美と潤と鈴木は、敷地の外からこっそりと中の様子を観察していた。

「来とったとか」

肩を叩かれてびくっとする。

坂巻だった。唇の前で人差し指を立て、こっちに来いと手招きする。

隣にある物流会社の駐車場に誘導された。

たくさんの大型トラックが行儀よく並んだコンテナとコンテナの間には、よく目を凝らせばうごめく人影が確認できる。その中の一つがこちらに近づいてきた。

塚本だった。

「やあ。夜遅くに悪いね」

「いえ」

木乃美はかぶりを振る。

「ぜんぜん大丈夫っす。こんなときに時間なんか気にしてられないっすよ。ねえ」

鈴木が潤に同意を求め、潤が鼻に皺を寄せる。

「まあな」

大岡川の川底から発見されたスマートフォンを解析したところ、札幌市在住の丹《に》羽貴裕《わたかひろ》という男性名義で契約されたものだとわかった。丹羽がSFF、あるいは白石グループのメンバーだったかはまだ確認が取れていないものの、丹羽の人相は暴走ライダーの似顔絵に酷似しており、丹羽本人であったと考えて間違いなさそうだ。

そして丹羽のスマートフォンに残ったメールのやりとりから割り出されたのが、横浜市旭区《あさひ》にある元カラオケボックスの物件だった。白石グループの活動拠点として使用されているようだ。

木乃美、潤、鈴木の三人は、白石グループのメンバーと思《おぼ》しき男女と接触している。その男女がいるかどうかを確認するために、この場に呼ばれたのだった。

「おお。来てたのか」

声をかけてきたのは梶だった。その背後には、宮台がつまらなそうに立っている。

「こんなところに来るぐらいなら、野球の再放送でも見ていたほうがマシだ」

「宮台。おまえ、野球なんて興味あったのか。というか、オリンピックに興味あったのか。たしかに今日、日本代表の試合、盛り上がってたよな。また天田が打ってついにあと一つ勝てば決勝だ。一時はダメかと思ったけど、崎本抜きでもいけるかもしれない」

梶は意外そうにしながらも嬉しそうだ。

「天田とか崎本なんて知らん。興味がないものの代表として野球を挙げたに過ぎない。オリンピック全般に興味はない。だが、テロリストなどという非論理的な生き物にはもっと興味がない。それだけだ」

そういうことかと梶は苦笑し、周囲を見回した。

「白バイはどこに？」

「一本裏に」

潤は元カラオケボックスとは反対側のほうを指差した。

中原街道沿いでそこそこの交通量があるとはいえ、横浜市の外れにあたるこの場所は、周囲を田畑に囲まれている。白バイの排気音で異変を察知されてはまずいと思い、少し離れた場所に止め、歩いてきたのだった。

「おお。いたいた」

そう言って歩み寄ってきたのは、峯だった。

「お疲れさまです」

三人は峯に挨拶した。

「お疲れ。遅くに悪いね」

早口でそう言うと、峯はタブレットの画面を見せてきた。

「早速だがこれを見てくれないか。そこのボックスに出入りする人物の写真を、捜査員が撮影したものだ」

木乃美がタブレットを持ち、鈴木と潤が両脇から木乃美を挟むように液晶画面を覗き込む。

何者かがプレハブ小屋に出入りする様子を捉えた写真だった。プレハブ小屋の内側には蛍光灯の白い光が満ちており、その光を浴びながら、男が中に入ろうとしている。男は坊主頭で、昼間に白バイから逃げ回ったのと同一人物に見える。

「これ、あいつです。刃物振り回したやつ」

即座に断言する鈴木にたいし、潤は慎重だった。

「たしかに似てる。でも断言できるかっていうと……どうかな」

「そんなことない。ぜったいあいつですって。どこ見てんですか」

「すぐ決めつけるな。この角度だとはっきり顔も見えてないし、一〇〇%の確信なんて持てないだろ」

潤と鈴木が木乃美を向いた。判断を委ねるということだろう。

「似てる。でもこの写真だけで断定はできない」

潤がほら、という顔で鈴木を見て、鈴木が不満げに鼻を鳴らす。

「あと何枚かあるんだ。スワイプして見てくれないか」

峯に言われた通り、画面上で人差し指を横に動かし、ほかの写真を見た。

写真は十三枚ほどあった。昼間に見かけた男女と思しき人物のほか、数人が出入りしているようだ。

「たぶん、昼間の男女です。断言できなくて申し訳ありません」

木乃美はタブレットを峯に返した。

たぶん――それが精一杯だった。離れた場所から隠し撮りしているだけに、鮮明な写りのものがほとんどないのだ。

「いや。かまわない。ありがとう」

峯が満足そうに目尻に皺を寄せる。

「この写真に写っているのが、白石グループの全員なんですか」

潤の質問に、塚本が答える。

「全員ではないだろう。写真で確認できるメンバーは五人だが、少なくともこの中に火野はいない」

「じゃあ、どうするんですか。いま踏み込んでも全員を逮捕できない」

鈴木が眉根を寄せる。

「けど踏み込むしかないやろうな。テロの決行は明日に迫っとる」

坂巻が腕組みをする。

「丹羽のスマホを解析した結果、連中は明日、横浜スタジアムに圧力鍋爆弾を持ち込もうとしていたことがわかった」

「圧力鍋爆弾」

潤がすっと息を呑む。

「ああ。二〇一三年にアメリカで起こった、ボストンマラソン爆弾テロ事件で使用されたのは、記憶に新しいよね。製造がさほど難しくないわりに、殺傷力はかなりのものだ」

塚本は淡々とした口調だ。

木乃美の脳裏に、ボストンマラソン爆弾テロ事件のニュース映像が蘇《よみがえ》る。爆音とともに揺れる景色、高々と舞い上がる白煙。あんなことが横浜で起こったらと想像するだけで震えが来る。

塚本が言う。

「白石グループの全貌はつかめていないが、ここにいるメンバーの身柄を押さえて、ほかのメンバーや爆弾の保管場所などを吐かせるのが、いま打てる最善手だ」

「踏み込むといっても、相手は武装しているかもしれませんよね」

木乃美が言うと、坂巻はジャケットをめくってみせた。

ホルスターに拳銃がしまわれている。

「いちおうこっちも武装はしとる。使わんでいいように願っとるが」

「とにかくありがとう。また協力をお願いするかもしれないが、今日のところはもう帰っていいよ」

峯が手刀を立て、坂巻が肩を叩いてくる。

「お疲れ。後は任せろ。遅くまで付き合わせて悪かったな」

「おれたちが元口の無実を証明してやる。またな」

梶が軽く手を上げ、宮台がかすかに口角を持ち上げる。

駐車場の奥からぞろぞろと出てきた捜査員は、十名ほどだろうか。塚本や梶の指示で、敷地を取り囲むように配置された。

包囲網が完成すると、坂巻、峯、梶、宮台、塚本が、灯りを漏らしているプレハブ小屋に向かって歩き出す。

木乃美たちは金網越しに見守っていた。

プレハブ小屋の扉が開き、なにやら押し問答が始まった。

「まずいな。揉めてるじゃん」

潤が金網に指を絡める。

「大丈夫ですかね。おれらも加勢に行ったほうがいいですかね」

鈴木が拳銃に手をかける素振りを見せた。坂巻たちと違い、白バイ隊員の木乃美たちはつねに拳銃を携帯しているのだ。

「やめとけ。そんなへっぴり腰じゃ足手まといになるだけだ」

潤がしらけた横目を鈴木に向ける。

「な、なに言ってるんすか。大丈夫っすよ」

「塚本さんと坂巻さんが取っ組み合いしてるとき、一人だけおろおろしながら突っ立ってたくせに」

ぐっ、と鈴木が言葉を詰まらせる。

「ねえ。なんか、本格的に危ない感じしない？」

木乃美はプレハブを見つめたまま言った。

押し問答が激化し、怒鳴り合いのようになっているのだ。

やがてプレハブ小屋から人影が飛び出してきた。

「あ。あれ。あの坊主！」

鈴木が言う通り、それは昼間に追跡劇を繰り広げた坊主頭のライダーのようだった。隙をついて逃げ出したようだ。

だがすぐに塚本に組み伏せられた。

その後ほどなく、別の人影が飛び出してくる。男のようだ。この男は梶の腕をかいくぐり、一〇メートルほど走ったが、敷地の周囲に配置されていた捜査員たちに取り押さえられた。

女の金切り声が聞こえるのは、昼間に人質のふりをして坊主頭を逃がした女だろうか。政府の犬だとか理想の社会だとかいう単語が断片的に聞き取れていたが、その声もやがてやんだ。

「終わったか？」

潤が呟き、木乃美が安堵の息をついたそのときだった。

激しい轟音《ごうおん》とともに、視界が白く染まった。

木乃美の身体はふわりと宙に浮き、背中から地面に叩きつけられる。

なにが起こったのかわからない。目を開けようにも、痛くてまぶたが開かない。

自然と涙があふれて視界が滲《にじ》む。口の中がじゃりじゃりするのは、砂だろうか。

何度も目をこすりながら、視界がクリアになるのを待った。

ぼやけた視界には、巨大なオレンジ色の怪物が見える。

やがて涙のもやが晴れてきて、それが火柱だとわかった。

嘘……。

全身から血の気が引いた。

自爆テロか。逮捕されそうになったテロリストたちが、刑事たちを道連れに死を選んだのか。

そう思ったが、違った。

坂巻たちが入っていったプレハブ小屋は残っている。

火柱が上がっているのは、その奥だった。

火柱の中に、直方体のブロックのようなものが浮かんでいる。ブロックは下降し、地面に叩きつけられてひしゃげた。

坂巻たちが入っていったのとは別のプレハブ小屋に爆弾が保管されていて、それが爆発したようだった。おそらくはテロリストのうちの誰かが爆発させたのだろう。

「木乃美、大丈夫？」

「ありがとう。大丈夫」

潤がさしのべた手をつかみ、起き上がる。

ヘルメットをかぶっていなかったら、頭を強打していたかもしれないが。

「鈴木は？」

「大丈夫っす」

鈴木は片膝をつき、立ち上がろうとしていた。

「ビビった。この世の終わりかと思いましたよ」

「それに近いものがあるぞ」

木乃美たち三人は爆発からもっとも遠い場所にいたし、ヘルメットをかぶって頭部を保護していた。だが白石グループ逮捕に踏み込んだ捜査員たちは違う。爆風で吹き飛ばされたらしく、地面に横たわって苦しそうに呻《うめ》いている者もいる。

三人は元カラオケボックスの敷地に入った。

倒れている捜査員に歩み寄る。

「大丈夫ですか」

「大丈夫で……痛たたたた」

捜査員は起き上がろうとして、痛みに顔を歪めた。どこかを傷めているのかもしれない。

「動かないでください。いま救急車を呼びます」

スマートフォンを取り出し、一一九番をプッシュする。警察無線は白バイに積みっぱなしなので、この場合は一一九番のほうが早い。

潤と鈴木も、それぞれ怪我人の救護にあたっていた。ぱっと見た感じでは、重傷者はいなさそうだ。

電話はすぐにつながった。

『横浜市消防局です。火事ですか。救急ですか』

「両方です」

『はい？』

爆発で吹き飛ばされ、逆さまになったプレハブ小屋からは、勢いよく炎が上がっている。離れていても顔が熱いほどだ。

ふいに、視界の端で気配が素早く動いた気がした。

「えっ……？」

目で気配を追おうとしたが、電話の声に意識を引き戻される。

『火事で怪我人が出たということですか』

「爆発です。私は神奈川県警第一交通機動隊の本田木乃美といいます。実は——」

五分ほどで通話を終え、横たわる捜査員に声をかける。

「大丈夫。すぐに救急車が来てくれます」

ほかの怪我人の様子を見ようと、敷地内を歩き回った。

顔じゅう煤《すす》だらけになった坂巻が、地面にぺたりと座り込んでいる。確保した白石グループのメンバーが逃げないように、手首同士を手錠でつないでいた。

「部長。大丈夫だった？」

「ああ。一瞬、耳が聞こえんくなったけど」

そう言いながら、機能をたしかめるように自分の耳をぽんぽんと叩く。

「消防には連絡しといたから」

「すまん。それよりさ——」

坂巻は敷地の出入り口を見た。「さっき、誰か出ていかんかったか」

あっ、と木乃美は思った。

「気のせいかな。なんかそんな気が——」

「いや。たぶん気のせいじゃない。私もそんな気がしたから」

ちょっと待ってて、と坂巻に手の平を向け、木乃美は敷地の出入り口に走った。

一歩、足を踏み出すごとに不穏な気持ちが膨れ上がる。

まずいんじゃないか。これって、もしかして……。

出入り口に張られたチェーンを跨ぎ、道路に出た。右、左、と交互に見る。

どっちに向かった？　右に行けば住宅地、左に行けば中原街道。

やはり左か。

そう思って左に進路を取ろうとしたとき、右のほうからきゅるるるというエンジンの起動音がした。

「えっ？」

エンジンはすぐにかかり、どどどど、というアイドリングの音に変わる。

振り向くと物流会社の駐車場から、コンテナを積んだ四トントラックが発進するところだった。

しまった――。

木乃美は四トントラックに向かって駆け出した。

「ダメ！　止まって！　止まれ！」

両手を大きく振りながら走る。

だが止まるはずがない。相手は逃げようとしているのだ。

四トントラックが左折し、木乃美のほうに向かってくる。

「止まれ！　止まれってば！」

トラック特有の高い運転席から見下ろすドライバーと、目が合った。

その瞬間、直感した。

あ、無理だ。この人、私を殺す気だ。

木乃美は右に飛びのき、トラックを避けた。何回転かして止まる。

物流会社の事務所が見えた。出入り口のガラス窓が割れている。あそこからガラスを割って侵入し、鍵を盗んで四トントラックを動かしたのか。

「木乃美！」

「本田先輩！」

潤と鈴木が追いかけてきた。

「早く、早く追いかけないと！」

木乃美は立ち上がり、自分のバイクに向かって駆け出した。

運転席のドライバーと目が合った瞬間に、見えたのだ。

ドライバーの首筋に、Carpe diem というタトゥーが入っていたのを。

3

相手は四トントラックだ。すぐに追いついた。

指令本部から無線が入る。

『神奈川本部から交機七八。逃走車両がいまどのあたりにいるかわかりますか。以上、神奈川本部』

木乃美は無線交信ボタンを押して応答した。

「交機七八から神奈川本部。当該車両は八王子街道を高島町《たかしまちょう》方面へ走行中。〈今宿西町〉の信号を通過。以上、交機七八」

『神奈川本部から交機七八。現在、上星川《かみほしかわ》駅付近で道路封鎖の準備を進めている。十分後には――』

そこに潤の声が割って入ってきた。

『遅い！』

潤は木乃美のすぐ後ろを走っている。その後ろには、鈴木の白バイがついていた。

『交機七八』とコールサインを告げ、潤はあらためて言った。

『遅い！　逃走車両がどんだけスピードを出してると思ってるんだ。上星川駅前を通過するのは、せいぜい六、七分後だ。道路封鎖に十分も時間かけてたら、逃走車両はとっくに横浜駅についてるよ』

『交機七九から交機七四。逃走車両は横浜駅を目指してるんですかね』

鈴木が不安げな声で潤に訊く。

『知らねえよ！　逃走車両の向かってる先に横浜駅がある。ただそれだけだ！　どこかで急に方向転換するかもしれないし、やつがなにを考えているのかなんて知らねえ！』

潤はそう言うが、やはり真っ先に思い浮かぶのは、二週間近く前に発生した大惨事だ。横浜駅前の繁華街に侵入したバイクが次々に十二人をはね、三人の尊い生命が奪われた。

火野が運転する四トントラックでは速度も出ないし、小回りも利かない。このまま逃げ切れると、本人も考えてはいないだろう。テロが未然に防がれてしまったこと、そしてトラックの向かう方角から考えれば、自棄《やけ》になった火野があの大惨事の再現を目論んでいるという解釈は、不自然でもなんでもない。

四トントラックで同じことをすれば、次の死者は三人では済まない。

『どうする！　木乃美！』

潤が訊いてくる。

どうするって……どうすればいいの？

木乃美は右車線に進入した。トラックは片側二車線道路の、左車線を走行している。

スロットルを開く。

まったく抵抗はなかった。抵抗なく速度を上げられたことに気づかないほど、無我夢中だった。

四トントラックの右側につく。

ちらりと視線を流すと、運転席の火野と目が合った。

「止まりなさい！」

拡声で通告してみるが、無視された。

それどころか、車線を越えて幅寄せしてくる。

木乃美もハンドルを右に切って避けたが、トラックは中央線を越えて対向車線にまで幅寄せしてきた。木乃美の白バイも対向車線に押し出される。

前方に対向車のヘッドライトが見えた。

「わわわわ！」

慌てて速度を上げ、トラックを追い抜いて走行車線に戻る。

トラックの前に出るかたちになった。

すると今度は、

「死ね！」

火野のものと思しき絶叫が聞こえ、トラックが速度を上げて迫ってきた。追突してくる気だ。

木乃美はさらに速度を上げてトラックを引き離した。

それでも執拗《しつよう》に追い上げてくる。

だが単純な速度だけなら問題にならない相手だ。木乃美はスロットルを全開にし、トラックを置き去りにした。

細い道に左折し、一時避難する。

『大丈夫だった？　木乃美』

潤の声が飛んできた。

「危なかったけど」

背中に冷たさを感じながら、木乃美は言った。

『ヤバいっすね。火野のやつ』

鈴木が言う。

「うん。ヤバい」

対向車線にまで膨らんで幅寄せするなんて、頭がおかしいとしか思えない。

そんなことより。

「ねえ、潤」

『なに？』

「もしかして、トラックの助手席側の窓、開いてる？」

『なんで』

「火野の声が聞こえたの。運転席側の窓は開いてなかった気がするから」

窓が完全に閉じていれば、火野の声が聞こえるはずがない。

死ね、という火野の声が、空耳でなければ、だが。

『ふうん』潤はさして関心もなさそうだったが、

『あ。ちょっと待って。道が左にカーブしてるから後ろからでも、助手席側が見えるかも……ああ。開いてるね。たしかに窓は開いてる。全開だ』

そこまで言って、潤は木乃美の意図を察したらしかった。

『まさか。木乃美。嘘だろ？』

「嘘じゃない」

『本気かよ』

「本気。だって、このまま行ったら、四トントラックが横浜駅前の繁華街に突入することになるんだよ？」

もう嫌だ。あんな悔しい思いはしたくない。あんな無力感を味わいたくない。

もう誰も、死なせたくない。

あきれたような、諦めたような、潤の吐息が聞こえた。

『わかった。付き合うよ。でもどうすんの。開いてる窓は助手席側だぞ』

「大丈夫。三人の力を合わせれば」

『三人？』

「三人でしょう。私と、潤と、鈴木くん」

鈴木が反応する。

『任せてください！　なにすればいいんですか』

そんなふうに最初は威勢がよかったものの、木乃美の披露した計画を聞いて、及び腰になる。

『冗談でしょ。そんなの無茶ですよ』

「わかってる！　でもやってみないと、今度は何人が犠牲になるか！」

『いやでも……』

考え込むような沈黙があった。

『交機七九から交機七四。川崎先輩……』鈴木が潤に呼びかける。

『なんだ』潤が応じた。

『本田先輩って、いつもこんな感じなんですか』

ふっ、と潤の笑う気配が挟まった。

『やっと木乃美のすごさがわかったか』

『……はい。ヤバいです。いかれてますね』

「それ褒め言葉なの？」

木乃美の質問には、大真面目な調子で回答があった。

『褒めてます。他人の生命を救うためにそこまでするとか、マジでいかれてます。尊敬しますわ。完全に負けました。おれなんか、最初からぜんぜん足もとにすら及んでなかった』

「なんか複雑な気持ちだけど、褒めてくれてるんならいっか」

計画の実行に移った。

まずは潤が八王子街道から外れ、速度を上げてトラックに先行する。そこで待っているのは木乃美だ。潤のバイクに相乗りし、ふたたび八王子街道に戻ってトラックの後ろにつける。

鈴木の白バイはトラックを追走中だ。背後から迫ってくるタンデムの白バイに気づいたらしい。軽く顔をこちらに向けるようなしぐさを見せる。

潤が右手を上げ、合図を送った。

鈴木が了解、という感じに右手を上げて応える。

鈴木の白バイが速度を上げ、右車線に進入した。先ほどの木乃美と同じように、トラックの運転席の横につける。

『止まれ！』

鈴木のスピーカー越しの警告に反応し、トラックが右車線に幅寄せを始めた。

「いまだ！」

木乃美はしがみついていた潤のお腹を軽く叩いて合図を送った。潤が軽く頷き、スロットルを全開にする。上半身を軽く左に倒した。

鈴木の白バイに幅寄せしたことで、トラックの左側には空間ができている。そこに滑り込むかたちで、助手席側につける。

木乃美は助手席を見上げた。潤の報告通り、窓が全開になっている。運転席は高い位置にあるし、右側を走る鈴木に気を取られて、潤の白バイには気づいていないだろう。

「よし！　行く！」

誰かに知らせるというより、自分を鼓舞するための宣言だった。

潤の肩に手を置き、脚を畳む。マフラー、そしてサイドボックスと足場を確保しながら、慎重に腰を上げていった。

顔に叩きつけるような風でバランスを崩しそうになるが、潤の運転は安定したものだ。高速走行中であることを忘れそうになる。というより、あえて意識しないようにした。

そしてついに、赤色回転灯を支えに、シート後部に取り付けられたブリーフボックスの上で立ち上がった。

視線が高くなったおかげで運転席が見える。

ひげ面の男がハンドルを握っていた。首筋にはCarpe diemのタトゥー。間違いない。火野だ。

鈴木が上手く引きつけてくれているらしく、火野はこちらにまったく注意を払っていない。

「寄せて！」

大声で指示を出した。

指示通りに、潤が白バイをトラックに寄せる。

潤はさすがのライディングテクニックで、トラックと一体化したかのようにぴったりと並走していた。白バイがトラックのサイドカーになったかのようだ。トラックの助手席側の窓枠がすぐ目の前にある。

――よしっ！

「やあっ！」かけ声とともに窓枠に飛び込んだ。

「うおっ！　なんだおまえは！」

突如として転がり込んできた白バイ隊員に、火野が弾かれたように振り向く。

木乃美は窓から飛び出していた脚を車内に収めながら、拳銃を取り出した。それを両手でかまえ、銃口を火野に向ける。

「車を止めなさい！」

何度かこちらを見た火野は、しかしすぐに余裕を取り戻したようだった。

「嫌だね」

「止めないと撃つ」

「撃てるもんかよ。日本の警察が」

「多くの罪のない市民の生命を守るためなら、テロリスト一人ぐらいどうってことない」

「嘘だね！」

「試してみる？」

こちらの真偽を探るように、正面の車窓と木乃美の間でちらちらと視線を往復させた後で、火野は真っ直ぐ正面を向いた。

「撃ってみろよ。大義のために死ぬならかまわない」

「大義なんてない！」

「そう思うならそっちの勝手だ」

説得は無理か。

それならどうやって止める。

どうやって……。

視界の端になにかの気配を感じ、黒目だけを動かしてトラックの進行方向を見る。

その瞬間、思わず声を上げていた。

「危なっ！」

無線で通信指令員が話していた、上星川駅付近の道路封鎖のバリケードだろう。道路をふさぐように通行止めの看板が並び、白黒パトカーが車道にたいして横向きに止まっている。まだ構築中だったらしく、少ない人数で急いでこしらえたようなそれは、バリケードと呼ぶにはやや頼りない。

火野が速度を緩める気配はない。

ハンドルを大きく右に切り、白黒パトカーを避けるようにしながらバリケードに突入する。制服警官たちが逃げ惑う。

木乃美は思わず目を閉じ、歯を食いしばって衝撃にそなえた。

かん、かん、かん、となにかを弾き飛ばすような衝突音。

目を開けると、真っ直ぐな道路がのびていた。バリケードを突破したようだ。

と同時に、手もとに衝撃が走る。

しまった！　と思ったときには、もう遅い。

拳銃を叩き落とされていた。

足もとに落ちた拳銃を拾おうとするが、助手席側の足もとには三〇センチ四方ぐらいの段ボール箱が置いてあり、拳銃はその向こうに入ってしまったために簡単に拾えない。

段ボール箱に覆いかぶさるようにしながら、手を奥に潜り込ませようとして、木乃美はふと動きを止めた。

なに、これ——。

その瞬間、火野に首根っこをつかまれ、引き起こされる。

「すぐ済むからおとなしく座っとけ」

「すぐって、どれぐらい？」

「すぐはすぐだよ」

木乃美は身体を前傾させ、段ボール箱の蓋を留めているガムテープを剝がしにかかった。

「おい。おとなしくしとけないのか」

火野はそう言ったが、木乃美を止めようとはしなかった。

段ボール箱の蓋を開けた木乃美の反応を楽しみにしているかのような、余裕たっぷりの表情だった。

乱暴な手つきでガムテープを剝がし、蓋を開ける。

そして木乃美は息を吞んだ。

箱の中には、圧力鍋が入っていた。ビニールテープでぐるぐる巻きにされた鍋には、ストップウォッチのようなものが取り付けられている。赤くデジタル表示された時間が、刻々と数字を減らしていた。

「これって……」

火野を仰ぎ見る。

にやりと勝ち誇ったような笑みで、すべてを悟った。

爆弾だ。

しかもタイマーの表示は、残り五分を切っていた。

4

「なんでこんなこと……」

火野に訊ねながら、木乃美はちらりと信号の標識を見上げる。〈和田町《わだまち》駅入口〉を通過したところだった。

走行速度は八〇キロ近い。横浜駅に行くにしろ、桜木町方面に行くにしろ、五分もかからない。もうすぐ終電という時間だった。駅周辺は会社帰りのサラリーマンのほか、関内方面から流れてきたオリンピックの観客などで賑《にぎ》わっているだろう。今日の横浜スタジアムでは二試合が行われていた。正午からの第一試合には日本代表が登場し、勝利している。午後七時からの第二試合はタイブレークにもつれ込み、三時間を超える熱戦となったようだ。興奮冷めやらないファンが余韻に浸っているかもしれない。

そこに四トントラックが突っ込み、圧力鍋爆弾が爆発したとしたら……。

「降りていいぞ」

火野が呟いた。

「え……」

「降りたければ降りていい。もっとも、車を止めるつもりはないから大怪我をするかもしれないが、死にゃしないだろう」

やさしさの片鱗《へんりん》を覗かせてくれたのかと思ったが、買いかぶりだったようだ。

「警察なんてそんなもんだろう？　いざとなったら我が身かわいさで一般市民を見捨てるんだよな。ここで飛び降りたら、そういうことになる」

挑発的な笑みを向けられ、かっとなった。

木乃美はシートベルトを引き、金具をバックルに差し込んだ。

火野がほおっ、という表情を向けてくる。

「命なんて惜しくないってか。上等だ」

「違う」

「あ？」

「あなたみたいなクソ野郎でも、撃ち殺して一件落着ってわけにはいかないのよね」

火野が不可解そうに目を細める。

木乃美は大きく肩を上下させ、息を吸い、吐いた。

パーキングブレーキに飛びつき、レバーを両手で握って思い切り引き上げる。

「わっ！　バカ！　なにやっ……！」

甲高いスキール音が響き、視界が横に流れる。

上体が激しく揺さぶられるのを、シートベルトにしがみついて懸命に堪えた。

やがて回転が収まったとき、フロントガラスからの視界は、木乃美がパーキングブレーキを引いた時点とほとんど変わらなかった。ほぼ三六〇度回転したらしい。

隣を見ると、火野が頭から血を流してぐったりしていた。運転席側の窓に蜘蛛《くも》の巣状のひびが入っているところを見ると、窓に頭を叩きつけて気を失ったようだ。

木乃美も窓に頭をぶつけたが、ヘルメットが頭部を守ってくれていた。

爆弾のタイマーを確認する。

残り四分を切ったところだった。

「どうしようどうしよう」

持っておりようか。いや、そんなことをしたら大変な事態になる。白石グループのアジトのあった旭区の田園風景とは異なり、周囲は住宅密集地だ。

潤と鈴木の白バイが追いついてきた。

木乃美はシートベルトを外し、火野の身体を乗り越えながら、運転席側の扉を開いた。

最初は助手席側に駆け寄ろうとしていた潤と鈴木が、運転席側に回り込む。

「大丈夫か。木乃美」

「大丈夫っすか」

「私は大丈夫。それよりこいつを……」

火野の肩を押した。

鈴木と潤が二人で支えるようにしながら、火野を車からおろす。

「鈴木くん。救急車、呼んでやって」

木乃美は運転席に座り、シートベルトを締める。

「木乃美は？　なにするの」

潤が驚いた顔で見上げてくる。

「爆弾！」

「は？」

「爆弾！　時間がない！　潤、緊急走行で赤レンガ倉庫まで先導して！」

「えっ？」

「早く！　もう爆発する！」

「わ、わかった」

混乱した様子ながらも、なんとなく事情を察したらしい。潤が自分の白バイまで戻り、サイレンを吹鳴させながら走り出す。

木乃美もアクセルを踏み、潤の白バイについていった。

浜松町《はままつちょう》の交差点から国道一号線、新横浜通りを経由して桜木町方面へ。

潤が先導してくれているので、流れはスムーズだ。だが木乃美は気が気でない。タイマーの示す残り時間は三分を切ったところだった。

ＪＲ桜木町駅の手前で左折し、さくら通りからみなとみらい地区に入ると、道幅も広くなり、走りもスムーズになる。

二分を残して赤レンガ倉庫に到着した。赤レンガ倉庫一号館と二号館の間の広場を通り、海岸沿いの赤レンガパークに乗り入れる。

「やっぱ……」

そして木乃美は愕然とした。

停車したトラックに、潤が歩み寄ってくる。

「木乃美！」

「潤……」

木乃美は扉を開けながら途方に暮れた。

「赤レンガ倉庫まで来たけど、どうするの」

「どうしよう」

「は？」

「こんなに人がいるとは思わなかった」

木乃美は周囲を見回した。

赤レンガパークは赤レンガ倉庫の隣にある、海岸に面した公園だ。公園といってもなにがあるわけでもなく、石畳のだだっ広い空間があるだけなので、ここで爆弾が爆発しても被害は少ないと思った。

けれど木乃美の予想に反し、公園のあちこちにカップルが肩を寄せ合っているのだ。

「なに言ってんだ。夜景の綺麗なデートスポットなんだから、人がいるに決まってるだろ」

「だって……」

デートなんか久しくしてないし。

「よし。こうなったら海に突っ込もう」

潤の提案に、目が点になった。

「海に？」

「しょうがないだろ。ここで爆発したらどれぐらいの被害になるか想像もつかない」

「私は？」

どうなるの？　恐怖に胃が持ち上がる。

「私が運転席側で並走するから、柵にぶつかる直前にこっちに飛び移れ」

海沿いには転落防止の柵が設置されている。高さはないが、かなり頑丈な造りなのであそこを突破するには相当な速度が必要だろう。

どうしよう。私にできるかな。

「時間がないんだろ！　やれるよ！　私たちなら！」

私たちなら。

そうだ。私は一人じゃない。

残り時間は一分を切った。やるしかない。

やれる。

「うん」

いったんバックし、海までの助走距離を確保する。いつでも飛び出せるように運転席の扉を開けた。

すぐ横でアイドリングする潤が、頷きかけてくる。

そして潤が拡声で呼びかけた。

「危ないからどいてろよ、リア充ども！　あと、動画とか撮ってSNSに上げたらぶっ殺すぞ！」

ふたたび木乃美に頷きかける。

木乃美がクラッチから足を離し、トラックが前進を開始した。すぐにギアを切り替え、アクセルをべた踏みする。視界が急速に流れ始め、海が近づいてくる。

残り三十秒。

「もっとだ！　もっと！　かっ飛ばせ！」

潤が並走しながら、拡声で煽《あお》ってくる。

ギアを上げる。アクセルを踏み込む。もう一つギアを上げる。腰を浮かせながら、全体重をアクセルペダルに預ける。エンジンが獰猛《どうもう》な雄叫びを上げる。

海が迫ってくる。月明かりを反射させて宝石のように輝く海が、恐ろしい勢いで木乃美を呑み込もうとする。

残り二十秒。

柵が近づいてきた。鉄製のかなり頑丈な柵だ。あれを乗り越えられるだろうか。柵に阻まれてしまえば、爆弾は地上で爆発する。木乃美や潤だけでなく、居合わせた一般市民も巻き添えを食うだろう。

残り十八秒。

「いまだ！　飛べ！」

潤のかけ声と同時にギアをニュートラルに入れ、木乃美は飛んだ。

潤が素早く車体を右にバンクさせ、リアブレーキをロックさせた。トラックの運転席に背中を向けるかたちになる。

木乃美はその背中に抱きついた。勢い余って転げ落ちそうになるが、落ちそうになる方向に潤がバイクを起こし、衝撃を吸収してくれる。

残り十五秒。

柵沿いを走りながら、木乃美は振り返る。

四角い縦長の影が、洋上に浮かんでいた。

その影が海に吸い込まれていく様子が、スローモーションで見える。

残り十秒。

潤がブレーキをかけ、くるりとターンしながら停止する。

「離れてろ！　ぜったいに近づくな！　死にたくなければあっちに行ってろ！」

ざわつき始めたカップルたちを、潤が拡声で遠ざけた。

トラックは頭から海に突っ込むようにしながら、三分の二ほどが沈んでいた。周囲にはぶくぶくと泡が立っている。
五、四、三、二、一……。
木乃美のカウントダウンでは、タイマーがゼロになった。

そのはずだった。

が、爆発は起こらない。

トラックの沈んだあたりには白波が立っているものの、それ以外はいつもの静かな横浜の海だった。

「あれ？」

木乃美は海を覗き込みながら、首をかしげる。

「不発か？」

潤が腕組みをした。

「え……」

木乃美の視界に暗幕が降りる。

爆発など望んでいるはずもない。だが爆発しないとなれば、木乃美の行動は始末書だけでは済まされない。なにしろ被疑者の運転していた盗難車を奪い、速度違反と信号無視を繰り返し、挙げ句の果てには海に突っ込んだのだ。

「これ、かなりまずいんじゃ――」

木乃美が言いかけたとき、轟音《ごうおん》とともに水柱が上がった。

驚きのあまり尻餅をついた木乃美と、びくっと肩を震わせて天を見上げた潤に、ゲリラ豪雨のように海水が降り注ぐ。

しばらく放心状態だった二人は、やがて互いの顔を見合った。

「すご……」

木乃美の呟きに、潤が頷く。

「すごかった」

それからもしばらくぽかんとしていたが、ふいにおかしさがこみ上げて、木乃美は笑い出した。

「なに笑ってんだ」

「わかんない。なんかおかしくて」

「意味わかんない」

不可解そうに肩をすくめたくせに、潤もつられて笑い出した。

「潤も笑ってるじゃん」

「木乃美が笑うからだよ」

生きてる。私、生きてるんだ。

木乃美は夏の夜空を見上げながら、石畳の上に大の字になって全身で喜びを表現した。

Top GEAR

1

大捕物から一夜が明けた昼過ぎ。

木乃美と潤は中区海岸通にある神奈川県警本部にいた。昨夜の一件について説明するために、中隊長に呼ばれたのだ。

「ありゃなんなんだ。うちらはたくさんの人命を救ったんだぜ」

潤が不服そうに唇を曲げる。

「まあまあ。いろいろやり過ぎたのはたしかだし」

木乃美は苦笑しながら潤をなだめた。

「やり過ぎ？　どこかだよ。じゃあどうやったら火野を止められたんだ。ほかに方法があったなら教えてくれよ。放っておいたら、トラックが繁華街に突入するだけじゃなくて、爆弾が爆発してたんだぞ」

中隊長からの聞き取り調査は、調査というよりお説教に近いものだった。ああいう事なかれ思考が、元口のことも自宅待機に追い込んだのだろうと容易に想像がついた。

「でもまあ、結果的にテロを未然に防ぐことができたし。元口さんの自宅待機も解除されそうだし」

そうなのだ。横浜駅近くの繁華街を暴走したライダーが、実はSFFの一員であり、横浜でテロを企《たくら》んでいたという事実が判明し、すでに報道もされている。事件発生直後にここぞとばかりに警察を叩いたマスコミも、早くも手の平返しを始めたようだ。大捕物のことも大きく報道されており、それを受けて世論の雲行きも変わってきている。木乃美と潤をねちねち小言責めにした中隊長ですら、元口にたいしては同情的な発言を繰り返した。すでに自宅待機解除の意向を伝えたので、次回の当直日から出勤するだろうという話だった。

よかった。本当によかった。

その思いが先に立って、あまり腹が立たない。中隊長のお説教は理不尽だと感じるが、はいはいと頷いて適当に受け流せばいい話だった。

「木乃美は人がよすぎる。うちら、表彰されてもいいぐらいのことをしたんだぞ。なのになんだよ、あの、厄介なことをしてくれたもんだ的な物言いは」

「表彰は恥ずかしいからいいよ」

「そういう問題じゃない」

潤は両手を振って力説した。

二人は四階フロアの廊下に設置されたベンチに腰かけている。同じフロアの会議室ではいま、鈴木が小言責めにされているはずだった。そして分隊長の吉村が、懸命に鈴木を弁護してくれているはずだ。

「だいたいさ、中隊長もいい加減だよな。元口さんをかわいそうみたいに言ってたけど、元口さんを自宅待機にしたのは、あんた自身じゃないの」

潤はまだ収まらない。

木乃美がニコニコ顔で話を聞いているのが、逆に刺激してしまっているらしい。そのことに気づいてからは表情を引き締めようと心がけるが、どうしても頬が緩んでしまう。

しばらくして、鈴木が廊下を歩いてきた。

「お待たせしました」

　こころなしか、会議室に入っていく前に比べてげっそりやつれている。

「お疲れ。分隊長は？」

　潤がベンチから見上げる。

「中隊長とバトってます。先に帰っておいてくれって。しかし参りました。なんであんなにグチグチ言われないといけないんですかね。納得いかないですわ」

　鈴木がうんざりした調子で目頭を揉む。

「だろ？　おかしいよな」

「ええ。少しは褒められてもいいと思うんですけど」

「そうなんだよ。なのにあんなふうに――」

　鈴木という燃料をえて、潤がさらにヒートアップする。こうして見ると、いつも反発し合っているのは二人がよく似ているからなのだなと思える。同族嫌悪みたいなものか。

　いつになったらこの会話は終わるのかなと考えていたら、唐突に終わった。

　坂巻、峯、塚本がやってきたのだ。

「おったおった。探したぞ。どこにおったとや」

坂巻が軽く手を上げる。

「ずっとここにいたよ」

木乃美が言い、鈴木が顔をしかめる。

「なんせ中隊長の話が長くて。もうグチグチグチグチしつこいのなんの」

「それはお疲れさん。ところで本田、さっきメッセージ送ったとぞ」

「そうなの？」

木乃美はスマートフォンを取り出し、確認した。

「本当だ」たしかに坂巻からのメッセージが届いている。話があるのだがどこにいるか、と問う内容だった。

「なんだったの」

「けっこう……いや、かなり大変なことになっとる」

「なんですか」潤が真剣な顔つきになった。

「白石グループのアジトを調べてみた」

峯の言葉に、鈴木が反応する。

「あの元カラオケボックスか。爆発ヤバかったですね」

火野を始め、あの場に居合わせた白石グループのメンバーは全員逮捕した。いまは捜査一課が中心になって取り調べを行っているという。北海道のほうでも、道警と警視庁が連携して白石グループ全員の身柄確保に動き出したという話だった。

「それがもっとヤバい状況らしい」

塚本が軽く目を細めた。

「連中はあのアジトで圧力鍋爆弾を製造しとった」

「白石グループには化学専攻の元大学院生もいて、そいつの指導のもとで作っていたようだ」

坂巻と峯が口々に言った。

「アジトには釘やベアリング、火薬など、爆弾の材料になるものが保管されていた。使用済みのものの空き袋も、捨てずに取ってあった」

塚本の情報を、坂巻が補足する。

「その空き袋の数が、爆発の規模と合わんそうだ」

木乃美、潤、鈴木の顔に疑問符が浮かぶ。

「どういうことですか」

潤が訊いた。

「端的に言うならば、爆弾はもう一つ作られている」

今度は驚きの沈黙があった。

「え？　え？　意味がわからないんですけど」

鈴木が混乱した様子で、坂巻たちの顔を見回す。

「あの場で身柄を確保したのは、一味の全員じゃなかった……」

木乃美が言い、峯が頷いた。

「そういうことになる」

「そうか」

潤がしまった、という顔になり、自分の額をぴしゃりと叩いた。

塚本が言う。

「今朝、匿名掲示板に白石グループの幹部を名乗る人物の書き込みがあった。我々は国家権力の弾圧に屈することはない。断固として札幌でのマラソン開催を阻む。我々を止めることはできない。そういう挑発とも、決意表明ともとれる内容だった。それだけ自信があるんだから、まだ横浜に残党がいるってことだろう」

「あんなに苦労して捕まえたのに。畜生っ」

鈴木が床を蹴る。

「ほかにわかったことはないんですか」

潤がさらなる情報を要求し、坂巻が答えた。

「悪いことばかりでもない。アジトに残された材料の空き袋の量から察するに、爆弾はあってもあと一つ」

「その一つを確保できれば、爆発は防げる」

塚本が唇の端を持ち上げる。

「ほかには？」

木乃美が促すと、坂巻が渋い表情になる。

「連中、なかなか口が堅くてな。容易にはしゃべらんのだ」

「だからおれに取り調べを担当させればいいものを」

塚本がバカにしたように鼻を鳴らす。

「誰が取り調べしたって変わらんやろう。あいつらは相当な難敵たい」

「ためしてみないとわからない」

「ためしたかったらまず上を通してくれんか。あんたの捜査参加はあくまで非公式なものたい。むしろ捜査に加わるのを許可しとることに感謝して欲しい」

「いちいちおうがかいを立てないと動けないのか。とんだサラリーマン刑事だな」

「なにをっ」

「まあ待て」

峯が仲裁に入った。

「すまないね。塚本さん。あなたみたいな有能な人に取り調べを任せたいのはやまやまなんだが、あなたの言う通り、うちらは上の許可がないと身動きが取れないサラリーマン刑事だ。あなたが捜査に加わるのを黙認させるだけで、精一杯だった」

まだなにか言いたげではあったが、塚本は口を噤《つぐ》んだ。

峯が言う。

「思想犯というのはなかなか厄介なものでね。警察は自分たちに不利益な動きしかしないと信じ込んでいるものだから、口を開かせるだけでも大変なんだ」

「わかります」

木乃美はトラックの運転席で交わした火野との会話を思い出した。とてもではないが説得できる雰囲気ではなかった。

「自分たちのやっとることが正義と信じて疑っとらんのやからな。おまけにいま捕えられているやつらには、今晩の野球の試合が終わるまで黙っとればいいという事実が、心の支えになっとる。テロさえ決行されれば、目的は達成されるけんな」

「雑談の中から、少しだけは情報も引き出せたがね」

峯が申し訳なさそうに眉を下げた。

「どういう情報ですか」

木乃美は訊いた。いまはどんな些細な情報でも仕入れておきたい。

「うん。どうやら白石グループの連中、もともとは札幌のマラソン会場でのテロを目論んでいたふしがある。それが二か月ほど前に急に方針転換したという話だ。おそらくは警視庁と北海道警が連携して警備を強化したからだろうね」

「残党についての情報はないんですか」

鈴木が顎を触る。

これには坂巻が答えた。

「おそらくだが、一人。捕まえたやつを取り調べしとるときに、『あいつ』と口を滑らせたけんな。残党が何人もおるのやったら、『あいつ』なんていう表現はしないやろう」

「一人？」鈴木はやや拍子抜けしたようだった。「一人で爆弾持ってるんですか」

「おそらくの話やぞ。もしかしたらほかにもおるのかもしれん」

坂巻が表情を引き締める。

「でも残党のことを取り調べで訊いたら『あいつ』って口を滑らせたんですよね。

じゃあ一人の可能性が高いじゃないですか」

「まあ、な」

そんなに油断するような話じゃないぞとでも言いたげに、坂巻は腕組みをした。

「本当に、横浜スタジアムでのテロを狙っているんでしょうか」

そう言ったのは潤だ。

「テロに使用するのは圧力鍋爆弾ですよね。男性なら一人で持ち運ぶのは難しくないだろうけど、横浜スタジアムでも入場時には荷物のチェックとか、それなりにテロ対策を講じているはずです」

木乃美の意見に、鈴木も賛同した。

「ほかの場所でテロが起こる可能性も考慮したほうがよくないですか。本田先輩の言う通り、圧力鍋を球場に持ち込むなんて不可能だ」

「たしかにそうだ。ほかの場所でのテロの可能性も、考慮したほうがいいんじゃないかな」

峯が塚本を見た。

塚本は顎に手をあて、じっと一点を見つめている。

沈黙を嫌うように口を開いたのは、坂巻だった。

「札幌と見せかけて横浜、横浜スタジアムと見せかけてほかの場所。ぜんぜんありえるやろ」

「ハマスタじゃなくても横浜市内のどこかで爆弾を爆発させれば、オリンピックどころじゃなくなります。札幌のマラソンも中止にできる。白石グループの自信の根拠は、そういうことじゃないんですか。ハマスタを厳重に警戒したところで無駄……っていう」

鈴木が自説に納得したように頷く。

「でも、だとしたら大変だよね。どこを探せばいいの」

木乃美は弱々しい声を出した。標的が横浜スタジアムでないとすれば、捜索範囲を最低でも横浜市全域に広げなければならない。とてもではないが、テロリストを見つけられる気がしない。

「狙うとすれば人の多い場所やろうな。賑わっとれば賑わっとるほど、テロリストにとってはインパクトがある」

坂巻が唇を引き結ぶ。

「じゃあ横浜駅じゃないかな。丹羽は横浜駅近くの繁華街に突入して無関係の市民を道連れにしたし、アジトから逃走した火野は、爆弾を積んだトラックで同じことをしようとした。なんだかんだであそこらへんが、横浜ではいちばん賑わっている」

　潤の推理に「いや」と鈴木が異を唱える。

「二度もテロの標的にされて警戒されているのは連中もわかっているだろうから、次は場所を変えてくると思います。みなとみらい地区とかも人は多いですよ。ランドマークタワー付近なんかで爆発が起これば、大変な被害が予想されます」

「中華街は？」今度は木乃美が口を開いた。

「あのあたりなら道が狭くて人が密集していて、すれ違う人がなにを持っているかまで気にしない。それに古い建物が多いから、爆発が起きたときの被害は新しい街より大きくなる」

「それもありですね。元町《もとまち》とかだって人は多いし……ダメだな。どこを標的にしているのか、まったく見当がつかない」

　鈴木が渋い顔で髪の毛をかきむしる。

　峯が塚本を見た。

「連中がハマスタ以外を狙うという考えには、否定的なようですね」

「いえ。そういうわけではないんですが」

　塚本はこぶしを口にあてたまま応えた。「どうにかして横浜スタジアムに爆弾を持ち込む方法はないのか。その可能性を考えていました。やつらにとっては、やはり横浜スタジアムで爆弾を爆発させるのが理想でしょうから」

「そりゃ無理ですって。圧力鍋でしょう。そんなデカいもん持ち込もうとする観客がいたら、すぐに止められますよ」

　鈴木が両手を広げる。

「観客じゃなかったら？」

　木乃美の言葉に、峯が眉根を寄せた。

「関係者……ってことかな」

「はい。たとえば球場の職員とかプロ野球球団の関係者なら、チェックが甘くなることもあるんじゃないですか」

「興味深い意見だ」

　塚本が片眉をぴくりと動かす。

「関係者なら多少はチェックが甘くなることもあるやろうが、鍋を持ち込んだらさすがに怪しまれるんじゃないか」

　坂巻は半笑いで言ったが、

「料理を提供するような売店の店員とかなら怪しまれないな」

峯に言われ「それもそうだ」と納得する。

「でも、鍋なんてそうそう持ち込んだり持ち出したりするものじゃないですよね。基本、置きっぱなしなんじゃないですか」

鈴木が指摘した。

「わかんないよ。外で調理したものを持ち込んで販売してるかもしれない」

木乃美が言い、「ああ」と坂巻が虚空を見上げる。

「そういうこともあるのかもしれんな」

「それにしても売店で販売するための料理なら、かなり大きな鍋ってことになりませんか。一人で抱えられる大きさの鍋なんか持ち込んでたら、やっぱり不自然だ」

鈴木の言い分に、木乃美も納得した。

「それもそうだね」

「しかもですよ」と鈴木は続ける。

「球場の売店って、そんなに簡単に潜り込めるものですか。連中の計画は二か月前に急遽変更されているんです」

「バイトだったら入れるんじゃないか」

坂巻は言う。

「もしこの時期に求人が出ても、応募が殺到すると思います。オリンピック競技の行われる球場で働くなんて、おれが学生だったら応募したいです」

「売店の求人に応募してみて、受かったから標的を変えた、とか」

木乃美の意見は鈴木に一蹴された。

「いくらなんでもそんないい加減な話はないでしょう。二か月前になにかがあったんですよ、きっと。だから標的が変更されたんだ」

「あぁっ！」

ふいに潤が大声を上げた。

呆然と中空の一点を見つめる潤を、塚本が怪訝そうに覗き込む。

「どうした。川崎さん」

潤ははっと我に返って、一同を見回した。

そして言った。

「わかった」

興奮のせいか、声が震えている。

「なんだって？　なにがわかったとや」

坂巻が耳に手を添えて訊き返してくる。

「わかった、たぶん。白石グループの残党の正体が」

2

横浜スタジアムの関係者用駐車場の出入り口の横で、キャップにサングラス、マスクという暑苦しい変装をした成瀬が両手を振って跳びはねていた。

「潤ちゃん。こっちこっち」

「あれ、本当に成瀬博己なんですか。テレビではもっとクールなイメージだったんですけど」

鈴木が怪訝そうに耳打ちしてくる。

「プライベートはあんな感じみたい」

木乃美が応えると、鈴木は「憧れてたのに」と息をついていた。

「潤ちゃんから連絡くれるなんて超嬉しいよ」

両手を広げて潤にハグしようとして、やんわり避けられる。

「仕事の頼みなんだけどな」

「仕事でもなんでもかまわないさ。おれで潤ちゃんの役に立てるなら、いくらでも利用して」

成瀬の健気《けなげ》さに、木乃美はいじらしくなる。邪険に扱ってもめげずにこんなに尽くしてくれるなら、そりゃ少しは気持ちもぐらつくかな、さすがの潤も。

「坂巻さんと峯さんには、会ったことあるっけ」

潤が振り返り、坂巻と峯を手で示す。

「一度だけ。たしか葉山で」

成瀬は二人を覚えていたようだ。

「ええ。そうです」峯が笑い、「その節は、大変失礼しました」と坂巻が恐縮する。

坂巻の態度から察するに、成瀬を一方的に犯人扱いでもしたのだろう。

「ぜんぜんかまいません。潤ちゃんのお友達ならなんでもオッケーです」

成瀬は人差し指と親指でOKサインを作った。愛は偉大だ。

「あと、塚本さん」

潤に紹介され、塚本が涼しげに微笑む。

「塚本です」

「成瀬博己です。塚本さん、めちゃくちゃイケメンですね。うちの事務所に入りませんか」

「いえ。芸能人になると悪さができなくなりますから」

成瀬は冗談と受け取ったようだが、木乃美にはなんとなく本気に聞こえて笑えない。

「あとこいつ、うちの隊に新しく入った鈴木」

「鈴木です。川崎先輩にはいつもかわいがっていただいています」

「かわいがってないよ。いつも喧嘩《けんか》してるじゃないか」

「そういうこと言わないでください」

焦る鈴木を見て、成瀬が笑う。

「それじゃ、行きましょう」

成瀬は人数分のゲストパスを用意してくれていた。

バッグを持っている者は係員に中身を見せ、球場に入る。

関係者用駐車場を抜けて通路に出た。

「天田選手には、連絡しておいてくれたんだよな」

潤が成瀬に確認する。

「もちろんだよ。また警察の役に立てるって張り切ってた」

「ロッカールームに？」

「うん。ロッカールームで待ってるから、入ってきてくれてかまわないって」

「今日は止められないだろうな」

成瀬は振り返り、にやりと笑った。

ロッカールームに入り、天田の姿を探す。

ロッカーの扉がずらりと並んだ部屋のいちばん奥まったところに、天田のたくましい背中が見えた。まだ試合開始まで三時間近くあるので、ユニフォームではなくTシャツ姿だ。

「拓ちゃん」

成瀬の呼びかけに、天田が振り返る。

「やあ。成瀬くん。それにみなとみらい分駐所の皆さん」

天田が身体をひねってこちらを向いた拍子に、天田の向こうにいる人物が見えた。短髪にがっしりとした体格。いかにも体育会系然とした風貌だが、野球選手ではない。

「どうもこんにちは」

潤は成瀬より前に出て、天田の向こうにいる男に挨拶した。

男が誰だろう、という感じに首をかしげる。

「覚えてませんか。ついこの間、お会いしたばかりなんですけど」

潤が自分を指差す。

しばらく潤を見つめていた男が、あっ、という顔をした。思い出したらしい。

「この間は大変失礼しました」

恐縮した様子で立ち上がり、男が頭を下げる。

「いえ。気にしないでください。ねえ、成瀬」

「あ、ああ。そうですね。気にしないでください。まさか僕の顔を知らない人がいるとは思わなかったけど」

成瀬が笑顔で手を振った。

「申し訳ないです。有名な俳優さんらしいですね」

そう言って手刀を立てる男の名は浅倉。北海道シャークスの岩本功児選手が個人的に契約しているパーソナルトレーナーだ。

「僕がちゃんと紹介しなかったのが悪かったんです。浅倉さん、こちらは僕の友人で俳優の成瀬博己くん。そしてそちらの背の高い女性が、白バイ隊員の川崎潤さん」

「よろしく」

「あともう一人の女性が、同じく白バイ隊員の本田木乃美さん」

「よろしく」

「よろしくお願いします」

浅倉がうやうやしく頭を下げる。

「そしてそちらの男性が、白バイ隊員の……」

名前をド忘れしたらしい。

「鈴木です」鈴木が自己申告した。

「さらにそちらの方々が……」

天田と初対面の三人が名乗った。

「県警捜査一課の峯です」

「同じく捜査一課の坂巻です」

「警視庁公安部の塚本です」

「あれ？」坂巻が前に出て、浅倉を覗き込むようにする。

「浅倉さん。どうかなさったとですか。このロッカールームは空調が効いて快適なのに、汗びっしょりじゃないですか。ねえ、峯さん」

峯も浅倉に歩み寄る。

「体調が悪いんじゃないですか。大丈夫ですか」

「い、いえ……」

警察官に囲まれ、浅倉が色を失っている。

その反応で、木乃美は潤の推理が間違っていなかったのだと確信した。代表選手である岩本功児選手の専属トレーナーである浅倉は、岩本の食事の管理まで行っており、ロッカールームに調理器具を持ち込むこともあったという。怪しまれることなく、圧力鍋を球場内に持ち込むことができたのだ。

北海道シャークスの岩本功児選手は、正捕手である埼玉ラビッツの塚越選手の故障により、二か月前に代表に招集された。もともと北海道でテロを起こすつもりだった白石グループが、横浜でのテロに急遽方針を転換したのも二か月前のことだ。

浅倉の裏の顔は、ＳＦＦのメンバーだった。白石グループの残党とは、浅倉のことだ。

浅倉は雇い主である選手の代表招集に伴い、五輪期間中は野球日本代表チームに同行することになった。そのため、オリンピックの競技会場に圧力鍋爆弾を持ち込むことが可能になった。浅倉自身がグループ内でどれほどの地位にあるのかは定かでないが、幹部連中は浅倉の立場を利用すれば、警戒の目をかいくぐって大規模なテロが起こせると考えた。だからテロの標的が、札幌のマラソン会場から横浜スタジアムに変更されたのだ。ＳＦＦへの監視が強化されたのが理由ではなかった。

潤は成瀬を通じ、天田に連絡を取った。自分たちが行くまで、浅倉の動きを止めておいてくれと頼んだのだ。

潤たちは浅倉に警戒されないよう、あえて成瀬に案内させる形で球場内に入った。球場内には万一のテロ行為に備えすでにＳＡＴによって万全の態制が敷かれている。

首尾は上々だったようだ。天田は見事に浅倉をロッカールームに釘付けにした。

「例のボストンバッグは」

塚本がロッカールームを見回す。

「あそこです」

天田が張り切って指差したのは、浅倉のいる場所とはもっとも遠い壁際のベンチだった。大きなボストンバッグが置いてある。前に球場を訪れた際に、浅倉がたすき掛けにしていたものだ。

塚本は真っ直ぐに歩いていき、躊躇《ちゅうちょ》なくボストンバッグのジッパーを開いた。

「そ、それはっ……」

浅倉が声を上げる。

バッグから出てきたのは、圧力鍋だった。ビニールテープでぐるぐる巻きにされており、その上にはストップウォッチのような機器が取り付けてある。この状態ではさすがに手荷物チェックに引っかかるだろうから、バラバラに持ち込んで球場入りしてから加工したのだろう。圧力鍋、ビニールテープ、ストップウォッチ。どれも単体で怪しまれるものではない。

「あれはなんですか。なんで球場に鍋を持ち込んどるとですか」

坂巻がしらじらしく訊ねる。

「選手のために料理をなさるそうですね」

峯も乗っかっていた。

「そうか。体調管理のためにも食事は大事ですけんね。トレーナーっちゅう仕事は、そこまでなさるとですね。しかしあの鍋では、なにを作っとるとやろうか。なんですかね、峯さん」

「さあ。なんだろうな。なんですか。教えてくれませんか。浅倉さん」

坂巻と峯が小芝居を続ける間にも、塚本は鍋に巻かれたビニールテープを剝がし、蓋を開けて信管を抜き取る作業を続けていた。あまりの無造作な手つきに大丈夫だろうかとひやひやしたが、無事に作業を終えたらしい。

「終わった。信管を抜いた。これでこいつはただの鍋だ。爆発することはない」

浅倉が背骨を抜かれたように、すとんとその場に崩れ落ちた。

3

「木乃美ちゃん」

名前を呼ばれて振り返ると、赤いトヨタ・パッソがハザードを点滅させていた。運転席から顔を出しているのは、白髪交じりの短髪で、肌の浅黒い五十がらみの男だ。

「相川《あいかわ》さん？」

「やっぱり木乃美ちゃんだ。そうじゃないかと思ったんだよ」

相川はにかっと歯並びを覗かせ、車をおりて歩み寄ってきた。

木乃美がいるのは、関内駅近くの路上だった。午後九時過ぎという時間帯にしては、恐ろしいほど閑散としている。横浜スタジアムでの試合が終われば、この通りも多くの車両で渋滞するのだろう。

「お久しぶりです。お元気でしたか」

「ああ。元気元気。こちとらそれだけが取り柄だからな」

「そんなこと……」

言いよどんでしまい、相川が笑う。

「なんでつっかえるかな。そんなことありませんよ、って、お世辞でも社交辞令でも言えばいいじゃない」

「ごめんなさい。嘘つけなくて」

二人で笑い合った。

相川とは不思議な縁がある。最初に出会ったきっかけは、信号無視した相川を取り締まったことだった。当時の木乃美はまだ白バイ隊員になったばかりで、違反者に毅然《きぜん》とした態度を取ることができなかった。一枚の青切符を交付するのに、一時間も違反者と押し問答を繰り広げることもざらだった。相川も例外ではなく、取り締まりに激しく抵抗してきた。

だがいまや、相川は模範的な優良ドライバーだ。あれほど白バイを敵視しており、頑固親父《おやじ》の見本のようだった相川とこんなに打ち解けるなんて、あのときは考えもしなかった。

「木乃美ちゃん、大変だね。こんなときにも仕事だなんて。いま知ってる？　あそこの横浜スタジアムじゃ野球の決勝戦やってるんだよ、オリンピックの」

「もちろん。知ってます」

競技会場ロッカールームでのテロ未遂発覚を受け、延期や中止も検討されたようだが、犯行計画の全貌が解明されており、今後のテロの脅威は去ったという判断から、予定通り決勝戦が行われている。

「盛り上がってるもんなあ。正直なところ、日本が決勝まで勝ち上がるなんて思ってもみなかった。だってオリンピック前に正捕手の塚越は怪我するし、いざオリンピック始まったらショートの崎本は飲酒運転で捕まって代表辞退するしさ。ベストメンバーにはほど遠いって感じだったもんな」

「でも天田選手がいるでしょう」

「ああ。そうそう。天田拓人な。横浜の宝。天田の活躍がなければ、決勝進出はなかったろうなあ」

なんだか自分が褒められているように嬉しくなる。

オリンピックまでは野球なんて興味もなかったし、いまだにルールはよくわからないが、いまや木乃美はすっかり天田拓人ファンだ。

「よーこーはーまの天高くー、ホームラーンぶーちこめ、あーまーだー」

木乃美がバットを振る真似をすると、相川がおっ、と嬉しそうな顔になる。

「おっ。すごいね。天田の応援歌まで歌えるんだ」

「昨日覚えたばっかりですけど」

応援歌は動画サイトで検索して調べた。

「そんなに好きなのに、テレビも見られないのはかわいそうだな」

「いいんです。きっと活躍してくれると信じてますから」

「まあ、あれだよな。この前の横浜駅の近くの暴走事故とかもあったし、オリンピックだからって警察が休むわけにはいかないいんだよな」

「そうです。誰かがやらないと」

「ほんと、頭が下がる。感謝だよ。なのにあの横浜駅の近くのやつ、追いかけてた白バイ隊員が悪いみたいな非難の声があったでしょう。あれは酷《ひど》いなと思ったよ。白バイだって追いかけるの怖いんだからさ、どう考えてもまずは違反するやつが悪いっていうのに、なんで白バイが叩かれなきゃいけないいんだっての。しかも結局、あの暴走事故はテロだったんだろ？　わざと人をはねるなんて信じられないけど、なんかそれぐらい嫌なことがあったたってことなのかね」

「どうですかね。そうかもしれませんね」

　木乃美は曖昧に返事を濁した。うっかり内部情報を漏らすわけにはいかないし、その後の赤レンガパークのトラック爆発事件や、横浜スタジアム爆破テロ未遂事件にまで話が及ぶと面倒だ。

「あの叩かれてた白バイ隊員の人、大丈夫なのかね。左遷されたりとか、トラウマでバイク乗れなくなったりとか、してないのかね」

「ご安心を。白バイに乗り続けてるし、いまもこの近くで取り締まりしてます」

　今日が元口の職場復帰初日だった。

　元口は驚くほどいつも通りに出勤してきて、いつも通り制服に着替え、いつも通りに慣熟走行を済ませ、取り締まりに出ていった。特別扱いされたくないという、元口なりの照れ隠しなのかもしれない。

　だがそうはいかない。昨日、潤と二人で買いに行ったデコレーションケーキが、事務所の冷蔵庫に忍ばせてある。山羽、潤、鈴木というお馴染《なじ》みのA分隊メンバーに加え、いつもは定時で上がるために夜はいないはずの吉村分隊長も残ってくれているし、梶、宮台、坂巻、峯も招待済みだ。

　職場復帰を祝うサプライズパーティーを企画していた。取り締まりから戻ってきた元口は、クラッカーの一斉砲火を浴びることになる。元口の驚く顔を想像するだけでわくわくする。

塚本は横浜スタジアムでのテロを未然に防いだ後、忽然《こつぜん》と姿を消した。時間が経《た》つほどに現実感がなくなり、本当にあの男が存在したのか、本当に警視庁の公安部員だったのかと疑わしくなる。今朝、警視庁と北海道警が連携して白石グループを一斉検挙したというニュースを耳にしたので、もしかしたらいまは北の大地にいるのかもしれない。

『――九回裏。日本の攻撃に移ります。九番キャッチャー岩本から始まる打順です』

大音量のラジオ音声が聞こえてきた。

相川が自分の車まで戻り、窓を開けてラジオの音量を最大にしたようだ。

「これで聞けるでしょ！」

得意げに胸を張る。

近所迷惑にならないかなと思ったが、街は閑散として、人通りもほとんどない。好意でやってくれていることだし、うるさく言うこともないか。

「なんだよー。いま1－0で負けてるって。しかももう九回裏だよ。ここで点取れなかったら負けだよ」

しかも九番の岩本からかよ、こいつ肩はいいけど打たないんだよな。

相川からもそんなふうに言われる岩本をかわいそうだな、見返して欲しいなと思っていたら、ヒットで出塁した。

「やった！　岩本、やればできるじゃねーか！」

相川がパッソの屋根を叩いて喜ぶ。

だがその後、一番打者、二番打者があえなく凡退した。一番打者のサードゴロの間に岩本が進塁していたので、九回裏二アウト二塁だ。

そして応援団のトランペットがファンファーレを奏で、大歓声が響き渡る。

「来たぞ。天田だ」

天田拓人の打席だ。

『さあ、バットをぐるぐると回すいつものルーティンを経て、三番天田が打席に入ります。ゆっくりと足もとの土をならし、鋭い目つきで相手投手に対峙《たいじ》する。ここまで四打数二安打と貧打に喘《あえ》ぐチーム内で一人気を吐いていますが、得点には至っていません。ここはやはり、起死回生の一発が欲しいところ――』

「頼むぞー、天田っ」

パッソの屋根をとんとん、指先で叩きながら、相川がラジオの音声に聞き入っている。

木乃美もときおり通過する車両に違反がないか注意する以外は、試合展開に注意を向けていた。

『第一球は外角の変化球を見送ってボール。次が内角高めに甘く入るストレート。これは失投に近かったが慎重になり過ぎたか。天田、いったんバッターボックスを外して間合いを取ります』

頑張れ！　頑張れ！　天田選手！

球場で応援はできないけど、私も頑張ってるから。

『三球目はストライクからボールになるスライダーでしたが、これを振ってしまいました。少し力が入ったか。さあ、ピッチャー有利のカウント。ここから盛り返せるか。第四球、ピッチャー、セットポジションから……投げた。打った！』

そのとき、目の前をセダンが横切る。運転手はスマートフォンで通話していた。

三点の減点。

けれど、野球のほうは得点が入るかも。

『これは大きいぞ！　入るか……入るか』

「行けー！　行けーっ」

興奮気味にこぶしを握り締める相川が、バックミラーに映っている。

天田選手が分駐所に遊びに来たら、金メダル触らせてもらおっと。

木乃美はサイレンスイッチを弾いてスロットルを開き、白バイを発進させた。

本作品は書き下ろしです。フィクションであり、実在する個人および団体とは一切関係ありません。（編集部）

実業之日本社文庫　最新刊

鳥羽 亮
剣客旗本春秋譚　虎狼斬り
北町奉行所の定廻り同心と岡っ引きが、大川端で斬殺された。その後も、殺しが続く。辻斬り一味の目的とは。市之介らは事件を追う。奴らの正体を暴き出せ！
と2 16

西村京太郎
札沼線の愛と死　新十津川町を行く
殺人現場の雪の上には、血で十字のマークが。さらに十津川警部に謎の招待状!?　捜査で北海道新十津川町へ飛ぶが、現地は魔法使いの噂が!?（解説・山前譲）
に 1 22

西村 健
バスを待つ男
無趣味の元刑事がみつけた道楽は、都バスの小さな旅。東京各地を巡りながら謎と事件を追う。解決するのは家で待つ麗しき妻！（解説・杉江松恋）
に 7 1

南 英男
強欲　強請屋稼業
ヘッドハンティング会社の女社長が殺された。一匹狼探偵・見城豪が調査を始めると、背景に石油会社の買収を企む謎の団体が。執念の追跡を悪の銃弾が襲う！
み 7 15

前川 裕
文豪芥川教授の殺人講座
無双大学文学部教授でミステリー作家でもある芥川竜介。大学内外で起きる事件を迷推理？　現役大学教授作家が贈る異色文学講座&犯罪ミステリー！
ま 3 1

文日実
庫本業 さ45
社之

白《しろ》バイガール　爆走《ばくそう》！五輪大作戦《ごりんだいさくせん》

2020年4月15日　初版第1刷発行

著　者　佐藤青南《さとうせいなん》

発行者　岩野裕一
発行所　株式会社実業之日本社
〒107-0062　東京都港区南青山5-4-30
CoSTUME NATIONAL Aoyama Complex 2F
電話 [編集]03(6809)0473 [販売]03(6809)0495
ホームページ https://www.j-n.co.jp/
DTP　ラッシュ
印刷所　大日本印刷株式会社
製本所　大日本印刷株式会社

フォーマットデザイン　鈴木正道（Suzuki Design）

ISBN978-4-408-55584-3（第二文芸）